AF287125

P-M Johansson-Sutare

HISTORIER FRÅN SMÅLAND

- Novellsamling

Tidigare utgivet av Johansson-Sutare:
Öststatsteknik för Svenskar – Fakta om Svensk hyresreglering.
2006 (Magnus Sutare)
Öststatsteknik för Svenskar – Romanversionen. 2006 (Magnus Sutare)
Kamprad och Räven. 2013
Mitt mödosamma liv. 2013

© P-M Johansson-Sutare 2013
www.sutare.se
Förlag: BoD – Books on Demand, Stockholm, Sverige
Tryck: BoD – Books on Demand, Norderstedt, Tyskland
ISBN: 978-91-7463-879-0

RAGNAR

Ragnar, slopa artigheter och konventioner och ställ ifrån dig kaffepannan. Berätta i stället om ditt händelserika liv. Berätta om din skolväg som sträckte sig tvärs över hela skolroten. Berätta hur det var att gå de sju kilometerna på vintern utan skor på fötterna. Hur isen vid sjökanten kunde ha gått upp och orsakat ytterligare två kilometers omväg. Spara inte på detaljerna när du beskriver hur rygg och akterparti sved efter att lärare Zachrisson låtit pekpinnen vina. Denne hårde, men orättvise man. Säg mig hur det kändes att aldrig få äta sig mätt. Att hålögd se dina rika släktingar till storbönder kalasa på julgrisen medan du själv och dina elva syskon skrapade på grytans botten. Hur du dreglade av bara tanken på ett stadigt mål med sovel, gröt och bröd. Berätta om dina år som dräng med husbönder som hellre använde piska än morot. Förtälj om alla pigor som försmådde dig på lördagsdansen.

Jag är glad för din skull, Ragnar att du väljer att sitta tyst, för hade du så mycket som snuddat vid ovanstående historia hade ingen kunnat förneka att du var en lögnare av stor dignitet. Den historien har redan berättats allt för många gånger. Oräkneliga är de bonderomantiker som har skildrat eländet på landsbygden. Jag säger inte att ditt liv har varit en dans på rosor, Ragnar. Det är inte det. Det är bara det att din historia inte handlar om sådant. Du levde i en brytningstid då drängyrket var på upphällningen och en bättre tid nalkades, så varför skulle vi tjata om det. Efter ett fåtal drängår tog du jobb i industrin, som alla andra. Din berättelse är nog så dråplig utan att vi ska behöva gå in på sådana detaljer. Visst sägs det att skomakarens barn går barfota, men alla vet att du hade gott tyg på fötterna, Ragnar. Skomakaren Rubi Strömkvist i Rankaboda hade många barn, men inte på långt när tolv. Förvisso var han fattig, men oftast glad och din skolväg var heller inte kort, men det var som sagt var inte det vi skulle tala om.

När vi träffar dig första gången, Ragnar, sitter du med två av dina syskon på åkervallen. Ni hjälper Torsten att bärga höskörden. Det är Ivar och Sven och så du. Sven är nästan vuxen men fortfarande bara en tvärhand hög och inte blir han större bara för att tiden går. Rubisa Sven. Någon mer kortväxt karl har väl aldrig skådats i socknen. Dvärgen undantagen. Ivar ska snart gifta sig för att en kort tid efteråt bli skild. Det är den nya tiden. Du är dräng hos Torsten och han har låtit dig bygga din egen stuga vid foten av en liten bokebacke. Dina närmaste grannar är fyrfota, men vad gör väl det. Det är en solid stuga och det är inte länge sedan enkla och obemedlade drängar som du fick bo i lagårn. Visst har du också tänkt på att gifta dig, men det har inte blivit så. Det kommer saker emellan. Fresta mig inte att säga att du varken är företagsam eller ett eftertraktat objekt. Vi har ju kommit överens om att berättelsen inte ska handla om sparsmakade pigor på dans. Torsten börjar röra på sig och grymta en aning, signalerande att pausen är slut. I morgon kan det bli regn. Det finns ingen tid att förlora.

Tiden går, Ragnar och du blir inte vackrare att se på, men inte blir det värre heller. På mogendansen händer det att de lite äldre damerna får upp ögonen för dig. Du kan både vals och schottis i tillägg till foxtrot. Vem hade kunnat ana det. Men Ragnar. Jag har sagt det förut. Du är saktfärdig och velig. Varför bestämmer du dig inte för den där rundnätta damen från Almundsryd? Utsocknes. Ja visst, men inte alls så besvärlig som du tror och du har all tid i världen att bygga dig ett större hus som ni kan bo i tillsammans för hon kan inte flytta ännu på ett tag. Hennes mor är sjuk och behöver vård ett par år till. Torsten var inte ovillig att släppa till mark. På kanten av åsen, precis vid den nya vägen, som går tvärsöver från Norragård. Där bygger du ditt hus och får din Britta. Huset har en alldeles egen design. Sutteräng och panoramautsikt hade kanske en stadsbo uttryckt saken.

Dagen då Britta flyttade in var så klart speciell. Det var er egen högtid. Nyförlovade, men ändå till åren komna. Ingen ska anklaga Britta för att ha varit social eller ens mobil. Kanhända att någon grannkärring suktande efter nyheter, hade uppskattat en invitation på kaffe. En eller annan gång. Jag ska inte överdriva, men inte hände det mycket där inte. Hon höll sig så gärna inomhus medan Rubisa Ragnar skötte utsidan. Han arbetade alltid. Efter pensioneringen kunde han på allvar sysselsätta sig med sina små odlingar. Det var vete, råg och vanliga grönsaker. Åsen själv bar också frukt. Dagligen kunde Ragnar skörda sten. Runda, släta, välpolerade stenar, slipade av inlandsisen under tusentals år. Ragnar sorterade dem efter storlek och form. Så småningom utgjorde de grundmaterial till både brunnskar och vattenfall. Murar av alla de sorter prydde Ragnars tomt. Längst upp på backen hade han till och med snickrat ett litet lusthus. Varför gick det då som det gick, Ragnar? En praktisk och försiktig man som du skulle väl inte ha behövt falla ut i åthävor, så som du gjorde. Var det stundens infall eller var det droppen som hade urholkat stenen och slutligen runnit över? Eller tog du ut ilskan på henne när Teds låje here olovandes sköt dina halvt förvildade katter? Inte vet jag, men Ragnar, varför skulle du efter alla dessa år lägga dig i vad Britta pysslade med inne i huset? Hon som lagade så gudomliga köttgrytor åt dig. På både älg och rådjur. Kunde du inte bara ha sagt åt henne att du ville skiljas i stället för att skylla på skåpet?

Britta hade så smått fått smak för antikviteter. En auktion här och en annons där. Sedan började huset fyllas av små klenoder. Inte var det pretentiöst eller överdådigt, men visst började det flytta in en hel del gammalt. Hon såg väl inte det komma, eller om det nu var någon helt annan orsak, men hon tolkade det helt enkelt som att Ragnar var ointresserad. En gammal dräng som inte begrep sig på, och som strängt taget var nöjd så länge hon var nöjd. Att hon ens tog upp ämnet berodde på att hon inte hade körkort. Hon behövde helt enkelt Ragnars hjälp för att frakta hem skåpet hon hade köpt på annons i tidningen Land.

"Tar du in det skåpet i mitt hus åker både du och skåpet ut", morrade Ragnar utan förvarning.

Britta visste inte vad hon skulle tro. Hade gubbskrället blivit alldeles från vettet. I stället fick hon ordna med transporten själv och räknade med att det skulle gå att lirka med gubben. Kanske kunde skåpet stå i garaget en stund bara för att han skulle vänja sig vid det. I vilket fall ville hon inte träda från ingånget avtal. Det var ett gott köp dessutom.

Vi vet alla hur det gick. Om Britta fick med sig skåpet hem till Almundsryd vet jag inte, men sedan dess lever Ragnar ensam i sitt hus vid åsen.

Here – Son, pojke
Låj – Ful eller elak.

LÅNGA-JOHANNA

Första gången jag lade märke till Anders, var vid dansbanan i Stränghult. En fåfäng glop som slog sina lovar runt pigorna utan ha stort annat än okvädingsord för det. Nog för att han hade åldern inne, men inte var han en sådan som kunde locka flickorna till de förstföddas buskar. När drängarna nyttjade starkt fick han hålla sig till saftkobbel och svagdricka. Brännvinet kunde han aldrig lära sig tåla. Först när han stod som egens ägande på Lustigholm fick han sitt egentliga tillnamn, Anders på Lustigholm. Ännu en tid skulle han enbart vara känd som Bethuggarns here. Bara den som kunde förtjäna en vuxens namn skulle begåvas med ett. Bybornas omdöme var lika styvnackat som uråldrigt. En halv karl utgjorde ingen karl.

Lustigholm var varken hemman eller torp. En friköpt äga. Knappt större än en kohage. I norr gränsande till Kängsleboda Norragård, i söder till Vakö myr. Ett flera kvadratkilometer stort myrområde med ett öppet mosseplan. Obrukbart, men inte ofruktbart. Petter på Lustigholm hade en ko, två grisar och en get. Det räckte inte för att livnära familjen och därtill piga. Hade det inte varit för dagsverken hos bönderna och arbeten på torvmossarna, skulle de ha stått sig slätt. Petter var också en av de första från trakten som hade vandrat till de stora godsen i Skåne för att kupa betor.

Runt torvmossarna växte temporära städer fram. Där fanns handelsbod, marketenteri, frisör och skomakare. Torvbrytningen var ett välkommet tillfälle till extra arbete för traktens bönder och jordlösa. I tillägg kom det utsocknes från alla de tre landskapen. Vid den här tiden var Anders för liten för att göra ordentliga dagsverken. Han fick hålla sig kring huset och utföra enklare sysslor, såsom att ansvara för betesdjuren. De äldre syskonen följde Petter till torvmossen, men så snart de var konfirmerade användes förtjänsten till att köpa biljetter till andra sidan Atlanten. Där väntade dem äldre släktingar och bybor. De kunde rekommendera var de bästa arbetena fanns. Då det var vanligt att de bortresta kom tillbaka, antingen för gott med pengar på fickan, eller på tillfälligt besök, fanns det i vart och vartannat hus folk som kunde prata engelska.

När Petter var död och syskonen hade utvandrat ville det sig inte bättre än att Anders blev ensam kvar på Lustigholm med sin gamla mor och pigan. Pigan hette Johanna Bengtsdotter och var kommen från Ållekulla. Hon mätte sex fot i strumplästen och var därför känd som Långa-Johanna. Pigan var knotig och mager och inte särdeles grann att se på, men för Anders som inte var så väl van var hon ett spännande inslag i vardagen. Långa-Johanna bodde i ett eget bås som låg vägg i vägg med stugan. Oftast gick hon tyst i sina sysslor och behövde något dryftas var det till modern hon vände sig. Den ett par år yngre Anders tog hon ingen större notis om, men om sommarkvällarna då dagens arbete var slutfört, kunde det hända att hon tog sig tid för att prata med honom. Anders hade väl sina tafatta små inviter, men med Johanna kom han ingen vart. Visst hände det att han svansade efter henne och ibland stack han in sitt nyfikna huvud i pigans boning, men medgörlig var hon aldrig. Av sin mor hade Långa-Johanna fått lära sig att mot husbondefolk skulle hon vara på sin vakt och på kvällen lade Långa-Johanna noga haspen på när det var tid att gå och lägga sig.

En tid sällskapade Anders med ett fruntimmer från Hökön. Hon hade inga framtänder och var aningen lytt, men verkade ha stark rygg och kunde laga brunsås utan att den skar sig. Hon får duga, tänkte Anders som var mån om att få sitt på det torra innan modern gick hädan och han blev ensam på Lustigholm. På sommaren var det bara en timmes vandring över myren till Hökön. En söndagseftermiddag när Anders nådde fram till gården där hon tjänade piga, möttes han inte av pigan utan av bonden själv.

"Pigan tog tåget till Älmhult i fredags", sa bonden. "Hon bröt kontraktet och fick inte med sig sin innestående lön en gång. Det är som myror i byxorna på ungdomen. De får biljetter skickade till sig och sen ska de till Amerika varenda en. Tål inte hederligt arbete längre."

För Anders var det naturligtvis en näsbränna. Försmådd av en sparsmakad piga, men det var inte värre än att han påföljande lördag fick låna cykel i Norragård för att fara till Nyvermanshult på dans. Algot i Nedraön hade färdkost i form av flytande varor. Också Anders tog sig för ovanlighets skull en slurk vid varje vägskäl. Då Anders inte var van vid starkt, föll det sig så att han fick vila sig i Håddan medan de andra dansade. Ordningsvakter med bistra miner var emellanåt nödgade att spärra in dem som hade blivit överförfriskade i Håddan. Sent om natten rumlade Anders hemåt och innan han gick och lade sig ryckte han i pigans dörr. Dörren var så klart stängd och haspad, När Johanna hörde oväsen utanför, gläntade hon försiktigt på dörren, bålglodde på den oborstade Anders, grymtade förnärmat och lade slutligen haspen på.

Nästföljande kväll gick Anders hummande omkring och sprätte på gårdsplanen. Till synes utan mål och mening.

"Om du och jag skulle slå våra påsar ihop", sade han plötsligt när Johanna var på väg till nattvilan.
"Det tål att tänkas noga på det", sa pigan och lade haspen på.

Framåt höstkanten blev det så bestämt, att Anders och Johanna skulle giftas i prästgården i Virestad så fort snön hade smält nästföljande vår.

"Det kunde tåla att firas det", menade Anders och tog pigan om livet så långt han räckte.
"Det tror jag det", sa Johanna men lade resolut haspen på.

Så fick det bli. Anders fick vackert räkna med att haspen lades på ända tills de var ordentligt gifta. En väluppfostrad gräbba som håller på sitt, tänkte Anders. Det bådar gott för framtiden.

På den utsatta dagen blåste en måttlig vind från sydväst och solen påminde om att det snart var varmt nog att få vårsådden i marken. Alma Kalle, Algot i Nedraön och Rubisa Ivar följde med till prästgården i Virestad. Dagen till ära var skjuts tingad av Ted i Norragård. Hans A-Ford var en av få automobiler i socknen vid den här tiden, så ståndsmässigare bröllopsskjuts fanns knappast att få. Akten förlöpte som sig bör och väl hemma på Lustigholm var de nu man och hustru. Då väderleken var varm gick de båda småpratande i mindre sysslor till sent på kvällen. Anders kände sig nöjd med livet. Det löpte på som för så många andra. Han hade hustru, egen jord om än liten, var en betrodd och duglig dagsverkare. Snart skulle stugan fyllas av ett eller annat barn till glädje för sin gamla mor på ålderns höst. Anders gick in i kammaren och väntade på sin hustru. Johanna tvekade några ögonblick vid förstutrappen. Sedan gick hon in till sig och lade haspen på.

BUSSA-VERNER

Jag gick nedför huvudgatan med kyrkporten och stads-
hotellet i ryggen. Torget låg till höger och Ica-butiken snett
mittöver. De tjocka blockbokstäverna på tobaksaffärens
löpsedlar drog till sig de förbipasserandes uppmärksamhet
på ett påträngande sätt. Någon hade vunnit elva miljoner.
Det var söndag förmiddag och aktiviteten var som sig bör
inte överdrivet hög. I kanten av parken rastade någon sin
hund. Jag vill minnas att det var en tax, förmodligen sträv-
hårig. Jag fortsatte nedför vägen. Nu blev Hönshyltefjorden
synlig där den bredde ut sig bakom motellet. För en utom-
stående betraktare såg det kanske ut som om jag var på väg
ner till motellet för att äta lövbiff med pommes frites, men
så var nu inte fallet. Jag hade ett helt annat ärende och njöt
av den livgivande höstpromenaden.

På sensommaren ett år tidigare hade en sällsam och smått
bisarr historia utspelat sig i trakten och jag hade själv varit
delaktig i den. Jag var uppvuxen i byn, men hade inga nära
släktingar kvar på orten. Trots det brukade jag tillbringa ett
par veckor i trakten varje sommar tillsammans med famil-
jen. Vi hade kommit över ett före detta lantbruk till ett
hyggligt pris och det vore synd att inte utnyttja den för-
månen. Jag arbetade som departementschef och det hände
att jag också upplät egendomen till vänner i Partiet en eller
annan vecka. Stugan var på sätt vis aningen spartansk, men
samtidigt oemotståndligt charmerande.

Det kan hända att jag under våra första somrar varit allt för
upptagen med allt som behövde göras och ses över på
egendomen, för det var inte förrän på det tredje eller fjärde
året som jag talade med Bussa-Verner första gången. Han
kände naturligtvis inte igen mig, men jag såg direkt vem
han var, trots att det var över 30 år sedan han varje dag
hade kört mig och mina kamrater till skolan. Verner var
nybliven pensionär och bodde bara en kilometer bort på ett

ensligt beläget hemman där grusvägen tog slut och övergick i skogsstig. Han skulle som det visade sig inte ha någonting emot vare sig en pratstund eller en liten jamare. Verner blev med tiden också en ovärderlig person att konsultera när det gällde planläggning av reparation och renovering. Verners kontaktnät inbegrep hantverkare av alla de slag och priserna var alltid låga eller av byteshandelskaraktär. Då jag oftast hade familjen med mig ut på landet föll det sig naturligt att vi träffades i Verners stuga. Verner var inte överdrivet förtjust i barnungar och fruntimmerspladder. Vid sådana tillfällen vankades det brännvin, som sagt, och småvarmt. Verner var ungkarl och kunde inte laga mat med någon reda, men att värma upp köttbullar och prinskorv klarade han med glans. Inte sällan hade jag också med mig en eller annan exotisk läckerbit, inköpt på någon av mina tjänsteresor.

Invändigt var Verners hem inte något att skryta med. En rejäl gammal torpstuga som fyllde sin funktion. Med uteägorna var det tvärt om. Åkrar och trädgårdsland var prudentligt skötta och vittnade om ett genuint intresse för trädgårdsskötsel. Det samma gällde stängsel, lagård och uthus.

Sådana kvällar då vi möttes på tu man hand, kunde det hända att Verner ville prata politik. Verner hade varit Partiet och Rörelsen trogen under hela sitt liv, men hade på sistone röstat under protest.

"Det är mest skit med Partiet nu för tiden. Ni skolas in i politiken och ska göra karriär och tjäna grova pengar. Det kan aldrig vara bra."

Då gällde det att hålla med Verner så där lagom. Klart att vi som jobbade till förmån för gräsrötterna också skulle få oss en liten belöning för våra ansträngningar. Filantropi hörde sagorna till.

Någon gång när kvällarna blev sena kunde Verner snappa åt sig ett par prinskorvar och en brödbit ur skafferiet och ge sig ut för att mata hunden. Det var en drever som huserade ute i hundgården och bara fick komma in i stugan när det var riktigt kallt. Det var inte mer än rätt att den också fick sig en godbit när det var fest. Verner tog god tid på sig med matningen så jag fick tillfälle att se mig om i stugan. Den var inte speciellt stor och övervåningen var inte ens inredd, så de tre rummen och köket där nere var det enda som stod till buds för den som ville botanisera bland hans ägodelar. Verner sov i kökssoffan. Han trivdes i värmen från vedspisen. Kammaren var inte i bruk längre och det andra rummet använde han som bibliotek. Finrummet stod för det mesta orört. Det var i samma skick som när modern var i livet. Allt var oanvänt sedan den tiden och jag kunde för mitt inre se Verners mor stöka omkring där inne med kaffeservis och sju sorters kakor. I biblioteket förvarade Verner sina klenoder i form av gamla leksaksbilar. Allt från tidigt tjugotal till och med sextiotalet, då kvaliteten på allvar hade börjat fallera. Den lilla bussamlingen låg av naturliga skäl Verner närmast om hjärtat. Jag stod gärna och beundrade Verners samlingar en stund medan han var ute och förrättade sitt ärende. Det tycktes som om det alltid fanns någon ny modell som jag inte hade lagt märke till tidigare. Jag fascinerades av detaljrikedomen i det som i många fall var gammaldags hantverk.

Ett gammalt hus lever sitt eget liv och det knäpper och knakar som det vill, men vid sådana tillfällen då det för övrigt var helt stilla i stugan kunde jag emellanåt lägga märke till ett mer regelbundet ljud. Ett inte helt systematiskt skrapande som följde en förutbestämd rytm, utan mer något som lät som en desperat ansträngning som upprepades med ojämna intervaller. När jag påtalade iakttagelsen för Verner förklarade han att det bodde fladdermöss i träväggarna. De flög in och ut som de ville. Det var inget att göra åt, sa han. Dessutom var de fridlysta. När jag bad om att få se fladdermössen viftade Verner avvärjande med sina grova armar, menande att de var alltför skygga och att det ändå var för besvärligt att ge sig upp på den stökiga vinden. Dessutom började Verner bli kaffesugen.

På en av fjolårets första sommardagar träffade jag Verner vid brevlådorna som var belägna nere vid huvudvägen, ett par hundra meter från Verners hus. Vi hade inte setts sedan i oktober förra året då jag var nere för att jaga älg, så jag såg fram emot att få en uppdatering av den senaste tidens nyheter från trakten. Till min förvåning var Verner inte alls på prathumör, utan verkade i stället allmänt orolig och upprörd.

"Det var hiskeligt en sån telefonräkning jag har fått", utbrast Verner där han stod och bläddrade bland breven.

"Över 3000 kronor för två månader. Jag som bara brukar ringa för en femtilapp. Man blir rent förskrämd. Sådana summor kan jag inte betala. Jag får gå från hus och hem!!"

"Men det är säkert ett misstag från Televerkets sida. Det har man ju läst om att folk får felaktiga telefonräkningar, men det brukar alltid lösa sig till slut."

"Televerket kan man inte lita på", protesterade Verner och såg likblek ut. "Mot staten får man aldrig rätt. Dom kan göra precis som dom vill. Det är rena Gulag. Nu vet jag inte hur det ska gå."

Verner såg verkligen inte pigg ut och för att lugna ner honom ett par hekto, lovade jag att prata med Forsgren på Televerket så fort jag hann. Jag kände honom genom politiken sedan gammalt. Innan jag gick vidare frågade jag Verner om det kunde finnas någon naturlig förklaring till den höga räkningen. Hade någon varit hos honom och ringt samtalen, eller kunde någon ha brutit sig in och ringt dyra samtal till utlandet? Det var inte precis alla dagar Verner låste innan han gick hemifrån heller. Verner såg fortfarande disträ och uppgiven ut.

18

"Nä, det vet jag ingenting om. Det skulle i så fall vara han som jag har hos mig, men han kan absolut inte ha ringt på det viset."

"Men vad säger du nu Verner, bor det någon hos dig? Det har jag aldrig lagt märke till."

Verner vaknade upp ur sin depression och började vifta med armarna över huvudet.

"Nej, nej. Vad är det jag står och säger. Det är ju flera år sedan jag hade min kusin på besök över sommaren. Jag menar naturligtvis att det inte kan ha funnits någon där och att det är flera år sedan jag hade besök. Det här måste ju ha inträffat alldeles nyligen. Nu vet jag inte hur det ska gå."

Jag begrep inte riktigt varför Verner behövde hetsa upp sig så till den milda grad. Tre tusen kronor var mycket pengar, men för Verners del skulle knappast en sådan summa leda till att han tvingades ta steget nedför ruinens brant. Fast det klart, jag visste själv hur det var att ha småländskt blod rinnande i ådrorna. En smålänning förbrukar som regel bara pengar om det är absolut nödvändigt. En annan del av filosofin är att det som blir över när räkningar och uppehälle är betalt, läggs på hög och räknas som nödkapital, hur mycket det än må vara. Äkta smålänningar räknar inte den sortens tillgångar som förmögenhet. Verner hade med all säkerhet en stor summa sparad som han inte nändes röra, ens om han fick en räkning på 3000 kronor.

Jag höll ändå mitt löfte och ringde Forsgren redan morgonen efter. Han hade semester från sitt direktörsämbete under hela juni, juli och augusti och befann sig i Provence, men som den hyvens karl han var kunde han ändå tänka sig att gå vidare med ärendet mitt i ferien bara för att det var jag. Forsgren ringde tillbaka redan samma kväll och förklarade att saken var ur världen. Verner skulle få en kreditnota så fort som möjligt.

"Välkommen på jakten i oktober då, som vanligt", sa jag innan jag lade på luren.

Det kändes bra i själen att kunna ge en granne och vän ett handtag. Jag var själv inte typen som kunde komma med matnyttiga inspel när det skulle dras ledningar eller om något praktiskt skulle ordnas. Därför kändes det som att jag äntligen hade kunnat betala tillbaka lite för alla de tjänster Verner hade bistått mig med under årens lopp. Senare på kvällen när jag satt på verandan och försökte koncentrera mig på min sommardeckare märkte jag att det ändå var svårt att få hjärnan att släppa taget om det som Verner hade sagt. "Han som jag har hos mig." Det var ett udda ordval. Var det bara tungan som slant, eller kunde det verkligen vara så att Verner hade någon boende hemma hos sig? Någon som inte ville synas. Det var i så fall inte mitt problem. Verner kunde göra som han ville och om han ansåg sig ha anledning att dölja det för mig var det helt upp till honom. Verners uttalande hade ändå sått ett frö av nyfikenhet och detektivlusta i mig. Det vore väl ändå ett ganska harmlöst tilltag om jag gav mig på att utforska det hela lite grand. Helt opretentiöst förstås.

Dagen efter tog jag cykeln ner till byn. Det var en strålande dag och i egenskap av semestrande stockholmare fann jag cykelturen som en lisa för kropp och själ. Jag stannade till vid motellet för att ta en kopp kaffe. Motellet hade enkel brickservering. Det fanns bland annat rödspätta med remouladsås, pytt i panna, köttbullar, falukorv med stekt potatis och diverse kötträtter med bearnaisesås. På söndagar kunde det vankas slottsstek. Allt som oftast befolkades motellet av traktens alla särlingar, eller bygdeoriginal om man så ville. Det var till exempel Gösta, som tyckte om ynglingar och kallade sina favoriter för Mäster. Hade man tur kunde man också få träffa Kalle Puh, Peter Winge och Stalla-Pettern-Viktors-Herbert. Vad de sysslade med vill jag helst inte gå in i närmare detalj på.

20

Jag köpte som sagt var bara en kopp kaffe som jag satt och sög på en lång stund. Inte för att jag var infödd smålänning utan för att jag ville få kontakt med lokalbefolkningen, utan att för den skull väcka uppseende. Efter tjugo minuter kunde Olof, som satt i kassan inte hålla sig längre. Hans nyfikenhet svämmade över alla bräddar och han var bara tvungen att komma bort och intervjua mig. Jag var bekant med Olofs far, Nils, och jag hade också känt Olof på ett ytligt plan helt sedan han var en liten here. Han hade ett stort, svartkrulligt hår som växte ungefär som det själv ville. Skjortan bar han in och ut. Som ytterplagg använde han för det mesta en smårutig kavaj av gammaldags modell. "Mer kaffe till Direktörn?", undrade Olof på ett överdrivet ironiskt sätt. "Som du själv är medveten om har vi ingen bordsservering här på motellet, men i egenskap av service-människa och med tanke på hur bra kund du är, har jag naturligtvis ingenting emot att egenhändigt servera dig den påtår du så väl förtjänar."

"Jo tack, Olof. Tack ska du ha. Fyll på du bara", sa jag och log uppriktigt. Jag hade alltid roats av Olofs något lillgamla och högtravande sätt att uttrycka sig på. Han hade nästan utvecklat det till en konstart. "Hade jag verkligen varit direktör så hade jag suttit på stadshotellet med vita dukar och inte här. Hur är det med din far förresten?"

"Jodå, det går bra, han är precis lika knepig som vanligt. Det går i släkten."

Efter ytterligare några artighetsfraser var det dags att föra Verner på tal.

"Som du själv brukar påpeka Olof, finns det ju en och annan här i bygden som är lite sär, för att inte säga rent under-lig, men en person som verkar vara en helt normal och hygglig karl är väl ändå min granne, Bussa-Verner."

"Ja, han gör inte mycket väsen av sig, fast han ser jävusst konsti ut", menade Olof.

"Ja, men det är det ju många som gör, speciellt här i trakten, så det tycker jag inte kvalificerar honom. Han verkar vara en arbetsam och bra karl på alla sätt."

"Jo, det kan du ha rätt i", sa Olof. "Det enda man kan hänga upp sig på är hans matvanor. Antingen är han en storätare av rekordformat eller så bunkrar han upp en massa mat hemma i händelse av krig eller nåt. För det mesta vill han inte sätta sig ner och äta utan tar med sig mat hem och då är det alltid minst två portioner."

Jag ryckte till av upphetsning, men ville inte avslöja mina tankar för Olof. "Jaha, säger du det. Det tycker jag verkar vara ett intelligent beteende från Verners sida. Då slipper han ju komma ner hit varje dag. Det kan vara besvärligt för en man som börjar bli till åren. Mycket smidigare att bara värma upp."

Nu stärktes mina misstankar mot Verner ytterligare. Han hade naturligtvis någon som bodde hemma hos sig av någon outgrundlig anledning, men var? Såvitt jag visste skulle källaren ha jordgolv och vara pytteliten. Lagården var iskall vintertid och tom på djur så där kunde ingen bo heller, såvida det inte rörde sig om en tillfällig sommargäst. Det enda som återstod var den oinredda ovanvåningen. Många inredde vinden till sovrum eller gillestuga, men det var inte aktuellt för Verner som hade levt ensam alltsedan föräldrarna dog. Jag hade aldrig sett vinden, men något som var vanligt före kriget, var att bygga ett enda isolerat och uppvärmt rum på en för övrigt tom råvind. Ovanvåningen kunde alltså mycket väl vara inredd, och även om så inte var fallet skulle det ändå inte vara svårt att skapa sig ett tillhåll där uppe. Det var alltså där han gömde undan sin gäst. Kanske en släkting eller vän som höll sig undan polisen, eller bara någon som var folkskygg. För en statstjänsteman och före detta politiker var det nästan en plikt att vaska fram sanningen. I alla fall om det var så att Verner hyste något farligt och ljusskyggt element hos sig, eller kanske rentav en skattesmitare. Det var trots allt spänningen

22

som drev mig. Jag skulle mer än gärna se mellan fingrarna om Verner sysslade med någon lättare form av olaglighet, men om det rörde sig om grövre kriminalitet skulle jag bli tvungen att ta i med hårdhandskarna. Det kunde inte hjälpas att Verner och jag var vänner. Också begreppet nepotism har sina gränser även om de låter sig tänjas en hel del. Jag skulle alltså bli tvungen att ta mig en ordentlig titt på Verners fladdermöss.

Min plan var lika enkel som den var feg. Jag skulle inte ha mod nog att smyga bort till Verners hus och ta mig upp till ovanvåningen på en stege och kika in. Jag valde i stället att försöka överraska Verner när han minst anade det. Var han inte villig att visa mig fladdermössen med en gång, skulle jag helt enkelt gå därifrån och sedan stå och vänta i faggorna med stugan inom synhåll. Verner skulle säkert fatta misstankar och omgående skicka iväg den som bodde hos honom. Åtminstone tillfälligt och då skulle sanningen uppdagas.

"Det skulle förresten vara intressant att se dina fladdermöss, Verner. Det lovade du väl mig nästan sist jag var här", utbrast jag när vi satt vid köksbordet och drack kaffe med dopp.

Vindsdörren var belägen strax vid sidan av den stolen som jag påpassligt nog hade placerat mig på och innan Verner hade hunnit svara varken bu eller bä, reste jag mig hastigt upp och tryckte ned handtaget. Till min förvåning var dörren inte låst utan slogs upp på vid gavel varpå den ingrodda och lätt obehagliga vindslukten slog emot mig.

"Jaha, det går väl bra", sa Verner. "Men jag tror inte dom är där nu."

Vi gick uppför trappan och vidare in på vinden. Den var totalt oinredd. Det fanns inte ens något riktigt golv, bara golvbjälkar och gammaldags isolering i form av sågspån.

23

Än mindre något spår av en undangömd person. Ett par ensamma plankor låg utplacerade över golvbjälkarna så att den som ville kunde manövrera sig fram med hjälp av avancerad balanskonst. Med visst besvär lyckades vi ta oss fram till den ena kortväggen. Där fanns det stora glipor i brädverket och doften av fladdermusurin var påfallande.

"Dom kommer och går som dom vill. Nu har jag inte hört av dom på flera veckor."

Skadskjuten och med svansen mellan benen lommade jag desillusionerad hemåt. Verner kunde naturligtvis inte misstänka mig för någonting annat än ett desperat intresse för fosterlandets fauna, men den deckargåta som hade hållit min fantasi sysselsatt under flera dagar hade visat sig vara just en fantasi. Det kändes en aning kymigt att umgås med Verner fortsättningsvis. Efter ett par veckors karantän, tog jag ändå mod till mig och begav mig bortåt Verners till. Jag gick inte den vanliga vägen utan tog stigen som mynnade ut vid åkern bakom huset. Jag lade märke till Verner redan innan jag kom ut ur skogen. Han befann sig längst bort, vid husknuten och såg ut att vara sysselsatt med att kratta i grönsakslandet. Jag gick ut på åkern och när jag närmade mig Verner, slog det mig att han såg ovanlig mager ut och att han verkade arbeta överdrivet långsamt och tafatt. Innan jag hann höja handen som för att hälsa och annonsera min ankomst, hände något märkligt. Verner drog sig bort mot huset, men inte på ett normalt sätt. Han såg ut att hoppa baklänges och förflyttade sig stegvis in mot huset. Jag började småspringa för att om möjligt få grepp om vad som föregick. Verner drog sig in mot källaringången och försvann. När jag nådde fram var dörren stängd och jag ställde mig strax utanför och väntade. Efter några minuter kom Verner ut. Nu tyckte jag inte att han verkade speciellt mager längre. Han såg ut som han alltid gjorde. Arbetskläderna hade han fortfarande på sig.

"Ja, hej på dej. Så roligt. Ska jag sätta på kaffet?", sa Verner helt obesvärat.

"Vad var det som hände egentligen, Verner. Varför sprang du in i källaren när jag kom?"

"Jag såg inte att du kom. Det var bara så att jag plötsligt fick naturbehov att uträtta. Det är närmare att gå genom källaren och upp till badrummet."

"Jag visste inte ens att du hade en källartrappa. Var har tusan har du den nånstans?"

"Ja, den är i garderoben", sa Verner som om det vore en självklarhet.

Verner serverade kaffet på verandan. Dörren in till huset var stängd och Verner placerade sig själv på en stol mitt framför den. Han verkade inte ha några planer på att släppa mig över tröskeln och ge mig möjlighet att kontrollera om det verkligen fanns någon källartrappa. Vad hade jag med det att göra förresten? Saken med Verners eventuella husgäst var ju utagerad. Trots det blev jag återigen fullständigt övertygad om att Verner hade någonting att dölja. Var mannen på åkern inte Verner, utan en annan person som hade likadana kläder på sig och varför skulle en sådan konstruktion i så fall vara nödvändig?

När jag kom hem ringde jag än en gång upp Forsgren. Jag sa att det kanske var ett dumt beslut att låta Verner slippa betala räkningen. Jag misstänkte nu att det verkligen fanns fler personer i hushållet än Verner hade velat medge. Men, nej, hade Forsgren sagt.

"Jag lät honom inte alls slippa betala. Det hela var ett misstag. Det är sådant som händer när faktureringen datoriseras. Shit in, shit out, så att säga. Din vän Verners telefonräkning var drygt 2800 kronor för hög."

Jag kände mig illa till mods när jag sjönk ner i min öronlappsfåtölj. Familjens katt kurade ihop sig vid fötterna och kom snabbt till ro och började spinna, men harmonin ville ändå inte infinna sig. Verner hade verkat kylig efter incidenten på åkern och jag hade svårt att släppa tanken på att han bedrev ljusskygg verksamhet på sin gård, vare sig det angick mig eller ej. Jag vägde för och emot. Verner kunde knappast ha någon boende på vinden. Det hade jag sett med egna ögon. Fladdermössen hade visat sig finnas i verkligheten och det var sannolikt de som hade orsakat ljuden som jag tyckte mig ha hört. Det var heller inget konstigt med Verners telefonräkning. Å andra sidan hade Olof lagt märke till att Verner alltid köpte med sig två portioner mat hem från motellet och Verner hade själv sagt att han hade någon hos sig, även om han genast tog tillbaka det. Dessutom var jag inte säker på att mannen på åkern var samma person som hade kommit upp ur källaren och varför tog alltid Verner så lång tid på sig att mata drevern? Fanns det fler som också var hungriga? Summa summarum var det inte mycket som talade till Verners fördel. Det som bekymrade mig var att mina misstankar trots allt kunde vara helt ogrundade. Det fanns inga konkreta bevis. Bara indicier. Om jag hade fel skulle Verner sannolikt bli mycket besviken på mig och jag satte verkligen värde på vår vänskap och hoppades att den skulle bestå. Bäst vore att lyda min kära hustrus råd, att låta detektiverna i mina böcker ta hand om mysterierna, medan jag koncentrerade mig på att fira semester.

Jag höll mig undan Verner resten av sommaren och Verner lät heller inte höra av sig. Den sista veckan innan jag skulle återvända hem till Lidingö, fattade jag ändå nytt mod och begav mig bortåt Verners till. Oturligt nog var Verner inte hemma. Jag beslöt mig för att vänta en stund. Verner var sällan långt borta. Förmodligen hade han bara tagit Volvon ner till byn för att handla. Drevern låg i hundgården och drog timmerstockar. Jag gick en vända runt grönsakslandet och förundrades som vanligt över hur väl Verner skötte sin egendom. Allt var välkrattat och i ordning. Jag önskade att jag själv hade bara så mycket som en gnutta av densamma energin. Jag nappade åt mig ett par vinbär och slog mig ner i gräset för att vänta. Jag vände ryggen mot landet och fick i stället husets kortsida och källardörr i blickfånget. Det var samma källardörr ur vilken Verner några veckor tidigare hade kommit ut och förklarat att det var genare att ta den vägen för att nå toaletten som låg en våning upp. Jag iakttog dörren en lång stund och funderade på om den kunde vara öppen. Skulle det vara värt risken att bli ertappad på bar gärning om Verner plötsligt uppenbarade sig. Å andra sidan skulle jag höra bilen komma. Den stod inte i garaget. Alltså hade Verner tagit den med sig. Det avgjorde saken. Jag gick fram till källaren och lade handen på dörrhandtaget.

*

Verner hade stannat till vid motellet. 240:n behövde påfyllning av bensin och Verner själv var lite småhungrig. Det skulle passa bra att köpa med sig köttbullar och mos. Motellet hade hemlagat potatismos eller rättare sagt mos som inte var lagat på pulver. Öste man på rikligt med lingon, la man inte så noga märke till klumparna. Olof la ner de två portionerna i foliekartongen och tog betalt.

"Ska du inte berätta vem som har flyttat in hos dig, Verner? sa Olof utan förvarning. "Har du skaffat fruntimmer? En rund och go från Ryssland?"

Verner tog uppenbart illa upp, välte nästan omkull kartongerna och försökte till och med gripa tag i Olof där han stod bakom disken. Så pass arg var han.

"Jag skiter i vad den där riksdagssossen har tutat i dig, han ska inte gå här och hitta på en massa saker om mig. Skulle det bo någon hos mig så är det min ensak."

"Naturligtvis, Verner, naturligtvis. Nu ska vi ta det alldeles lugnt. Det är självklart ingen som tror att du har något kons-

27

tigt för dig. Det är ju helt normalt att alltid köpa två portioner när man bor ensam. Det behöver ingen sosse tala om för mig. Det kan vem som helst förstå, för att inte tala om all mat du köper nere på Ica. Det vet ju alla. Det är lika bra att du säger som det är, Verner."

Verner rusade ut ur motellrestaurangen utan att ens ta med sig maten han hade köpt. De senaste veckorna hade Verners humör blivit allt sämre och nu hade det verkligen tagit skruv när den där oförskämde spolingen på motellet hade hånat honom öppet. Han såg för dum ut med sin ut- och invända skjorta. Sådant skulle inte en stamkund behöva tåla. Där skulle han minsann inte handla i fortsättningen och dyrt hade det börjat bli också.

Redan innan Verner körde upp på gårdsplanen lade han märke till att källardörren stod öppen på vid gavel. Han tog sig så snabbt han kunde bort till källaren men blev stående i dörröppningen.

*

Källardörren var väl tillsluten och jag skulle inte på några villkors vis kunna rubba den utan att tillgripa ett stort mått av våld. Jag beslöt mig för att ge upp och satte mig åter ner på gräset. Den här gången strax intill dörren. Jag lutade bakhuvudet mot dörrkarmen, slöt ögonen och njöt av solen som just hade tittat fram bakom ett moln. Det var då jag hörde ett ljud. Det var en monoton och svag knackning, som upprepades ett par gånger. Något tveksamt och försiktigt. Jag lade örat intill dörren, och ja. Det var ingen tvekan om att knackningen kom från andra sidan.

"Är det någon där?"

När svaret kom var jag redan halvvägs upp till lagården för att hämta Verners yxa och spett. Jag gav mig på dörren med all kraft och när den gav med sig var det en ömklig syn som uppenbarade sig där inne i halvmörkret. Verners källare var

28

inte en källare i normal mening. Där fanns ingenting av det jag förväntade mig. Inga redskap, inga hyllor med verktyg och skruvar, ingen varmvattenberedare, ingenting sådant. På jordgolvet satt en man i slitna arbetskläder. Han såg ut att vara i samma ålder som Verner eller möjligen något äldre. Det hängde en naken glödlampa i taket och i hörnet stod en säng med madrass och filtar. Där fanns också ett skraltigt litet bord. Jag tog tag i mannen och gjorde mitt bästa för att fösa ut honom ur källaren. Han spjärnade emot och försökte skydda ögonen mot solen som strålade in genom den öppna källardörren.

"Varför vill du inte komma med upp och varför sitter du här inne och kurar?"

Mannen ville inte säga någonting, förutom att han inte fick lov att gå ut och att Verner skulle bli arg på honom. Vad var det egentligen som pågick? Det här kunde knappast röra sig ens om ett småkriminellt element. Snarare om någon slags handikappad eller efterbliven stackars människa som hölls borta från samhället i övrigt. Varför hade Verner gjort på det här sättet? Till slut lyckades jag släpa upp mannen ur källaren och lämnade honom sittande mot husväggen. Han verkade fortfarande besväras av det starka solskenet och gömde ansiktet i armarna. Jag antog att han inte fick komma ut och jobba i trädgården varje dag och att han hade suttit där inne i mörkret ett bra tag. Jag tog ännu en tur ner i källaren och det jag fann var allt annat än en vacker syn. Allt tydde på att Verner höll mannen fången mot sin vilja.

*

Väl uppe, möttes jag av en rödbrusig och rosenrasande Verner. Han såg mycket förgrymmad ut och i den stunden ångrade jag mitt tilltag. Skulle Verner till och med kunna bli våldsam när han såg vad jag hade gjort. Han skulle kanske försöka sig på att låsa in mig i källaren i stället för den gamle mannen. Skulle jag vara i stånd att försvara mig mot en Verner i upplösningstillstånd som dessutom var 30 kilo tyngre än jag själv?

"Nej, vad är det här för dumheter? Vad är det du tar dig till?", skrek Verner. Hakan ryckte upp och ner medan han blängde på mig med anklagande blick. "Otto vill inte gå ut. Han är folkskygg och tåler inte solljus. Varför har du släpat upp honom på det här viset? Mitt på dagen till på köpet."

Jag ryckte på axlarna och såg frågande på Verner och kom mig inte för att svara.

"Otto bor här hos mig. Han har fått nog av att samhället ser med så oblida ögon på dem som är annorlunda. Han vill absolut inte träffa folk. Jag tar hand om honom och i gengäld hjälper han mig med arbetet här på gården. Du får lova att inte tala om det här för någon. Människor som Otto ska kunna göra som de själva vill och inte bli offer för nyfikna apekatters ögon och rivas av elaka gamars fördömande klor."

Jag blev konfunderad över hans raljerande och kände mig till att börja med aningen skamsen för att jag hade gjort så här mot Otto och Verner, men sedan erinrade mig det jag hade sett nere i källaren.

"Vad använder du kedjorna till, Verner", frågade jag. "Är det inte så att Otto är fastkedjad när han är ute så att han inte ska kunna rymma? Och var det inte så att när du såg att jag kom den där dagen för några veckor sedan, så drog du in Otto i källaren och därefter bytte du kläder med honom och låtsades som att det hade varit du hela tiden?"

"Du har livlig fantasi, du. Kedjorna används inte längre. Det var min far som hade dem som snökedjor till traktorn. Så enkelt var det med det."

30

Nu morskade jag upp mig lite grand och kände myndighetspersonen inom mig vakna till liv. Det var ett område jag behärskade till fulländning.

"Det där får vi ta och fråga Otto närmare om när han har tagits i förvar. Nu får polis och sociala myndigheter ta vid. Otto ska inte behöva sova i en kall källare. Både du och jag vet att Partiet har sett till att det finns institutioner med kompetent personal som kan hantera och rå om den här sortens människor. Samhället ska ta hand om Otto, inte du Verner. Jag ska se mellan fingrarna för det här med kedjorna om du hjälper mig med att samla ihop Ottos tillhörigheter så att jag kan köra ner honom till polisstationen."

Det smärtade mig att behöva ta i med hårdhandskarna, men Verner kunde inte bara hitta på att ta lagen i egna händer och hysa viljesvaga gamlingar nere i en fuktig källare. Efter bara två månaders behandling på institution, kunde Otto skrivas ut och återvända till eget boende. Det visade sig att han hade en egen stuga i grannsocknen, någon mil bort. Det enda som egentligen fattades Otto var att han var försynt och fåordig. Han ville absolut inte göra någon anmälan mot Verner. De var gamla vänner, menade han, och han ville gärna hjälpa Verner i trädgården emellanåt, men han medgav att det inte var en god idé att bo i Verners källare. I egenskap av mitt ämbete hade jag inga svårigheter att komma till tals med den lokala polismyndigheten. Då vi diskuterade Verners fall kom vi fram till att det klokaste var att gå varligt fram eftersom bevisföringen var så pass osäker. Vi lekte kanske med tanken att indicier skulle räcka om vittnesmålen var tillräckligt starka, men vi valde i stället att låta intermezzot passera utan åtgärd. Verner sattes under måttlig bevakning under de närmsta veckorna, i tillfälle att något nytt skulle komma fram.

Jag återvände till bygden redan samma höst för att delta i älgjakten. Det här årets jakt kommer jag ihåg speciellt väl. Inte för episoden med Verner, utan för att både vår egen utrikesminister och en attaché från tyska folkrepubliken var närvarande. Östtysken lotsades runt på gods och herrgårdar under ett par veckor och kunde därför bara stanna som min gäst över en dag, men han var märkbart imponerad över hur fina de egendomar som svenska staten förfogade över var. I förbifarten råkade tysken få korn på en tjädertupp och trots att den inte var lovlig kunde jag inte förmå mig att avvärja hans jaktinstinkt. Det blev en kuriös trofé att få med sig hem och visa för kamraterna i Politbyrån.

I samband med jakten tog jag också på mitt ansvar att besöka både Otto och Verner. Döm om min förvåning då jag fann Ottos stuga igenbommad. Det som hade skett var att Verner efter utskrivningen hade åkt raka vägen hem till Otto och hämtat tillbaka honom. Nu bodde Otto än en gång nere i källaren och arbetade för fullt på Verners ägor. Den här gången lade jag inte fingrarna emellan. Nu avslöjade jag för polisen att Verner höll Otto fången med hjälp av kedjor, lås och tvångsmedel. Verner dömdes till två års fängelse för frihetsberövande.

Relationerna mellan mig och Verner blev dock inte så kyliga som man skulle ha kunnat tro. Verner själv hävdade att han var oskyldig och att han egentligen gjorde Otto en tjänst, men samtidigt förstod han att jag bara hade gjort min plikt. Jag förbarmade mig över Verners gamle drever och lät den leva de återstående åren av sitt liv hemma hos mig ute på Lidingö. Verner var så klart orolig för den och därför föll det sig naturligt att jag regelbundet besökte Verner i fängelset för att kunna rapportera om hur hans gamle trotjänare hade det. På så sätt kom vi varandra ännu närmare än vi hade hunnit göra före episoden med Otto. Verner var orubbad i sin tro på samhällets onda avsikter och Rörelsens svek, medan jag som en mänsklig representant för samma samhälles styrande skikt kunde ta udden av Verners värsta överdrifter. Ibland tvivlade jag själv på Verners moraliska skuld, trots att polisförhören tydligt hade visat att Otto var svagsint och hade hållits inspärrad mot sin vilja, även om den viljan varit svag. Verner var ändå i grund och botten att betrakta som en hedersman i ordets rätta bemärkelse, även om både han och hedern tillfälligt hade kommit på avvägar i den här historien. Jag trodde ändå fullt och fast på att Verner skulle sona sitt brott och komma på sundare tankar.

*

Det hade börjat småregna och jag skyndade på stegen nerför backen mot motellet där bilen stod parkerad. Jag lade ner mätapparaturen jag hade hämtat hos Lasse Larsson i kofferten och körde iväg mot Bussa-Verners stuga. Dagen före hade jag varit och besökt Verner på fängelset i Växjö. Det var snart dags för honom att bli frisläppt och han var mycket orolig för sin stuga. Jag hade varit och sett till den ett par gånger under vintern. Det var viktigt att värmen stod på så att rören inte fryste sönder. Nu var det tal om att ordna med renovering. Verner ville börja om på nytt nu när han skulle släppas ut ur fängelset. Han ville komma bort från gamla och tråkiga minnen. Jag hade stämt träff med en hantverkare som skulle bedöma vad som måste göras och hur mycket det skulle kosta. Hantverkaren menade att det var nödvändigt med fullständig omläggning av elstigar och byte av rörledningar. Kök och badrum måste helrenoveras. I källaren skulle jordgolvet täckas över med ett ordentligt lager cement. Dessutom var varmvattenberedaren så pass stor att den måste placeras där nere. Hantverkaren tog en spade och började hacka lite grand i jordgolvet.

"Här blir vi på att sänka golvet en halvmeter. Det är onödigt lågt i tak och varmvattenberedaren behöver ordentlig luftcirkulation."

Hantverkaren tog ett par rejäla tag med spaden och konstaterade att det inte skulle bli några problem att komma ner en bit i marken, den var tillräckligt lös. Ett problem kunde vara större stenar som låg dolda i marken. En bra bit ner i marken stötte han på något som kunde vara en sten, men sannolikt inte speciellt stor. Han böjde sig ner och började

33

slita i stenen och fick till slut upp den. Det var ingen sten utan en ganska grov trädgren. Kanske en del i ett gammalt rotsystem som inte hade hunnit förmultna sedan huset byggdes någon gång på 1800-talet. Hantverkaren fortsatte hugga med spaden i jorden och stötte på fler rötter. Under tiden skrubbade jag grenen ren från jord och kunde konstatera att det inte alls rörde sig om en gren. Det var ett ben, ett människoben.

Verner kom aldrig ut ur fängelset utan avled innanför murarna tre år senare. Rättegången visade att Verner hade satt i system att kidnappa äldre människor som ingen saknade. Han höll dem fångna i källaren tills de dog. Då begravde han dem under källargolvet och kidnappade sedan en ny människa. Motivet var knappast det att Verner behövde drängar till sina åkrar utan mer troligt ett sjukligt behov av att kontrollera och bestämma över människor. Den Otto som jag året innan hade befriat ur Verners källare, var antagligen alltför mentalt tillbakastående för att i förhör kunna visa fram hela sanningen. Otto blev så småningom intagen på ålderdomshemmet och avslutade sina dagar lyckligt ovetande om sitt mörka förflutna, eftersom han ganska omgående visade tecken på senil demens.

WIENERBRÖDSMANNEN

Detta är historien om en man och en frysbox full av wienerbröd. Men se först bortåt landsvägen till. Där kommer Einars pojk struttande. En 10 år gammal illbatting av värsta sorten. Se där! Nu drar han grannens katt i svansen. Mor Greta har förmanat honom tusen gånger, men ingenting hjälper. Hans syster är duktig och hjälper sin mor i allehanda ting, men åt Bertil är inget att göra. Det lönar sig föga att tilldela honom några sysslor och ansvar, för ingenting händer. Är han inte puts väck när något ska göras så kan du lita på att han ligger orörlig under eken med ett grässtrå i munnen. Vad han tänker på vill vi inte veta. Det kan i alla fall inte vara något nyttigt. Allt som oftast finner han på de mest tokiga saker. Ofta blandar han in släkt och grannar i tosiga tävlingar som han själv förlorar, trots att han ständigt försöker tillgripa fusk. En gång sålde han lotter till ett lotteri där det inte fanns några vinster. Den gången var han glad för att han har en far som är snäll och ogärna tar fram rottingen.

Som ni kanske redan har anat är detta också en historia som inbegriper ett visst mått av sens moral. Det vi väntar på är att pojken ska göra ett skurkstreck som straffar sig sjufalt. Vi ska inte behöva vänta allt för länge. Det är onödigt att gå omvägar och dra den långrandiga historien om incidenten vid Mörrumsån eller om gamla Bertha och sopkvastarna. Vi går i stället direkt på det äventyr som skulle komma att rendera den lille spjuvern en ordentlig uppsträckning med påföljande örfilningar och allt som hör där till.

I närmsta grannhuset bodde Erik. En gammal ungkarl som hade fått ta hand om mor sin, eller om det var tvärt om. Nu var modern död och Erik hushållade på egen hand i stugan. Det blev mest kokt potatis och prinskorv. Förr i tiden hade modern gjort storbak med både bullar, småkakor och en och annan tårta. Allt för att kunna traktera de få gäster som behagade ta sig bort till stugan. Nu ville Erik inte vara sämre han. Naturligtvis var det inte tal om att förrätta stor-bak eller långkok, men Erik var inte mindre företagsam än att han kunde ta sig till Börjes varuhus för att inhandla wienerbröd. När han ändå var där passade han på att köpa in ett helt lass. En sådan laddning kunde räcka flera måna-der och det enda frysboxen i stugan innehöll, var just precis wienerbröd. Bertil var nyfiken som en två-månaders hund-valp och visste precis hur det hela gick till. Han hade sett hur Erik gav sig iväg på mopeden och kom fullastad hem. Nog hade det hänt att hela familjen hade varit bjudna till Eriks och då hade Bertil fått sig ett wienerbröd. Ofta kunde Erik vara snäll och sticka till Bertil ett extra wienerbröd där han satt utsvulten med bedjande hundögon. Hemma vanka-des det bara halvtorra bullar och någon enstaka gång sock-erkaka. I jämförelse framstod Eriks wienerbröd som rena lyxen och förde tankarna till stadens konditorier och gotte-butiker.

En lördag i april gav sig Erik iväg på sin gamla Husqvarna. Han tog vägen förbi Rubisa Ivars. Ivar ville oftast skicka bud efter en stock snus av bästa kvalisorten. För Bertil var det en smal sak att ta sig in i Eriks dåligt igenbommade boning. Han stack in sina långa fingrar genom farstufönstret och fick enkelt upp hela fönstret och kunde sedan krypa in. Bertil hade sett frysboxen där den stod på sin plats nere i källaren, förföriskt tronande. Den brummade hemtamt och dovt precis som en duktig frysbox ska. Bertil öppnade för säkerhets skull frysdörren och förvissade sig om att den var alldeles tom. Själva meningen var att vänta tills wiener-brödsmannen Erik hade kommit hem med sin dyrbara last. Då skulle Bertil inte begå några misstag. Han skulle lugnt vänta tills Erik hade gått till sängs och sedan sopa ner vartenda wienerbröd i en jättelik säck. Den som tror att han ska begå misstaget att sätta i sig alla wienerbröden på en gång och sedan få ont i magen och ångerfull ligga till sängs i flera dagar, tror alldeles fel. Han skulle heller inte vara så dum att han fastnade med säcken i fönstret. Han öppnade naturligtvis dörren och släpade säcken efter sig alltmedan

Erik låg och snarkade och lät som en gammal morrande tiger. På vägen glufsade Bertil i sig tre fettdrypande wienerbröd, men sedan fick det vara bra.

Men det här kan väl aldrig sluta väl. Så fort Erik letar sig ner i källaren och möter en tomt gapande frysbox kommer misstankarna genast riktas mot grannens Bertil, som med flottig mun kommer att erkänna, gråta och böna och be om att få slippa straff.

"Det kan hända att den som utför vissa tjänster och mandomsprov kan få godis", sa Bertil en dag till sina kumpaner.
"Vad då för tjänster", gnällde Sven i Hålan.
"Godis? Hur mycket då?" undrade Piss-Ola.
"Ja, till exempel kan den som drar tjuren i svansen få sig ett wienerbröd", deklarerade Bertil. "Det kan också vara så att om man frivilligt låter gräva ner sig i gödselstacken och stannar där i två timmar, blir man under tiden matad med så många wienerbröd man orkar äta", fortsatte han.

Både Ola och Sven tyckte att det lät helt vansinnigt, men till slut gick Sven med på att springa naken genom nässelsnåret i utbyte mot tre prima wienerbröd. Det var egentligen meningen att han skulle fått fyra, men Bertil prutade ner antalet eftersom Sven inte skrek tillräckligt när han blev nässlad. Ola, den lipsillen, sprang direkt hem till mor och klagade över att han inte fick ett enda wienerbröd fast han var så sugen.

Senare på eftermiddagen när Bertil låg under eken fick han se Einars siluett över sig. Bertil hade tagit sig en välbehövlig lur och tänkte precis gå och sätta i sig de sista wienerbröden.

"Nu går vi till Erik och pratar om det här med wienerbröden", sa Einar lugnt.

Erik, som också han var en fridsam man tyckte det var besvärligt att ta i med hårdhandskarna mot en liten dumbom som Bertil, men ibland har nöden ingen lag. Här måste statueras exempel.

"Vem var det som gav dig wienerbröden", frågade Erik med myndig ton.

"Jag hittade en liten påse borta på vägen", försökte Bertil först.

Därefter påstod han att det var Bildsköne Bengtsson som hade försett honom med bakverken.

"Bättre kan du nog", sa far Einar. "Berätta nu allt, så kommer du undan med örfilar."

Hur de än försökte fick de inte ur Bertil något vettigt om vem wienerbrödstjuven verkligen var. När Bertil desperat berättade att det var han själv som hade brutit sig in och lagt beslag på vartenda wienerbröd, skrattade de bara. Varken Erik eller Einar kunde tro att lille Bertil var så förslagen att han på egen hand hade gjort inbrott hos Erik, utan de förutsatte att Bertil hade fått wienerbröden i andra hand. Förmodligen genom simpelt tiggeri. Det hela slutade med att Bertil fick erforderligt antal örfilar av den snälla sorten och blev sedan gnällande och tjutande hemskickad till mor för att äta älgstek.

VISSA ÅR KOMMER HÖSTEN TIDIGT

"Nej, Det är inte något fel på honom. Absolut inte. Han är precis som han ska. Jag kan inte fatta varför du säger så. Han är en bra pojk. Det har han alltid varit."

Rolfs ögon är uppspärrade på vid gavel. Samtidigt rör sig huvudet stötvis från sida till sida och förstärker intrycket av att det han nyss har hört knappast är en lögnares dimridåer, utan mer är att betrakta som en obehaglig sanning, som utan dröjsmål måste sopas under mattan. I ett fåfängt försök att hålla skenet uppe, påbörjar han ett halvhjärtat försvarstal i syfte att övertyga mig om sin yngste sons förträfflighet. Som om han inte visste bättre.

"Ja, jag hör vad du säger, men nu ska du inte komma och säga att du inte menar något med det. Nu när du ändå har kommit med ditt skitprat. Inget allvarligt, säger du. Men likaväl kan du inte låta bli att häva ur dig det."

Rolf attackerar maten med frenesi. Vanligtvis tuggar han omsorgsfullt och har den goda vanan att låta maten tysta i mun. Nu är han desto mer upprörd och kör gaffeln rakt igenom älgsteken. Det skrapar till i tallriken och lingonsylten skvätter över halva bordet. Mellan tuggorna utstöter han gutturala läten som kan verka svårtolkade för en oinvigd, men jag har redan förstått vartåt det lutar. Han kommer inte att lugna sig förrän jag har gjort ordentlig avbön och givit honom sin fadersstolthet tillbaka. Jag beslutar mig för att vänta ut honom och låtsas som om det regnar. I stället för att göra Rolf till viljes, brer jag på och berömmer Tildas matlagningskonst mer än vad som är nödvändigt. Tilda suger åt sig av komplimangerna och ser manande på sin make.

"Nu får du väl äta ordentligt, gubben min. Sitt inte där och muttra med mat i munnen."

Och visst tystnar Rolf. Nu sitter han surmulet och petar i efterrättskompotten. Inuti hans ormbo till hjärna brottas han med sitt eget tvivel, för egentligen vet han mycket väl hur landet ligger. Varje gång sonen varit hemma på besök, har han pratat en massa underligheter och Rolf har varit tvungen att slå dövörat till. Det är lätt att släta över. En eller ett par gånger. Faderskärleken finns där ändå. Men i längden blir det outhärdligt. Som en sårskorpa som ideligen rivs av och blöder. Rolf vet inte vad han ska tro, men normalt kan det inte vara. Fast som den far han ändå är, har han behållit hoppet in i det sista. Tilda har dessutom fått en del brev, men själv har han inte fått någonting, förutom menande blickar och kommentarer från de andra mer välartade sönerna.

Plötsligt reser sig Rolf, tar på sig tofflorna och fiberpälsen och förklarar att han är tvungen att se till veden. Med en gång. Det kan inte vänta. Han blir borta en god stund, men när han kommer tillbaka har han ändå lugnat ner sig. Försvarsinstinkten verkar ha runnit av honom. Nu är han samarbetsvillig och uppriktigt orolig för sin sons välbefinnande.

"Alla ska veta att jag har gjort allt jag har kunnat för pojken, men det är som om han inte vill lyssna på vad jag säger. Det är förfärligt att höra att det inte går bra för honom, och när vänner och släktingar också kommer med anmärkningar. Vad ska man då ta sig till? Vem kan man vända sig till? Jag vet det då inte."

Rolf passar på att mjölka mig på information. Mycket riktigt har jag nyligen träffat sonen och inte kan jag påstå att karlen är onormal, fast inte är han helt normal heller. Jag väljer att inte avslöja de mest pikanta detaljerna, men kastar ändå till Rolf ett och annat köttben. Nu när han ändå är på det humöret. Rolf sitter på helspänn och kan inte få nog. Han vill höra mer och mer. Vid en terapisejour hade sonen helt enkelt blivit utsparkad, berättar jag. Han hade legat på golvet och skrikit och gråtit om vartannat. Det faktum att övriga kursdeltagare låg stilla och andades lugnt och kontrollerat, bekom honom inte alls. I stället slog han till med en ljudlig hyperventilation som fullständigt rubbade rummets aura.

När Rolf inser hur mycket jag redan vet, mjuknar han så pass att han erkänner både det ena och det andra, utan omsvep. Jag tror att det känns som en lättnad för honom att få anförtro sig åt någon. Vem som helst.

"När min syster begravdes, kom han i jeans och fleecejacka, trots att han mycket väl visste att det var vit skjorta och kostym som gällde. Det spelar ingen roll, sa han. Jag känner inne i mig att Faster egentligen hade velat se oss alla i vardagskläder. Hon vill inte ha något sådant som präster och andra traditionella formaliteter. Då förklarade jag för honom att min syster och jag hade gått igenom begravningen i detalj innan hon dog. Hon var ju sjuk och visste sedan länge att hennes dagar var räknade. Då hade han bara flinat. Sådär överlägset. Det spelade ändå ingen roll, sa han, eftersom det fanns en öppen kanal mellan honom och hans döda faster. Döden är bara en övergång mellan två stadier."

Rolf kan för sitt liv inte begripa hur det har kunnat gå så illa. Det fanns en tid då Rolf var den som räknades som familjens överhuvud och på ett naturligt och självklart vis kunde sätta agendan. Visst kunde det hända att sönerna kom med livgivande inspel eller rentav kritik, men aldrig att det var frågan om den här typen av verklighetsflykt.

"Vi var en trevlig familj som grannarna såg upp till. Så var det. Detta med att flytta till stan var inte bra för Jan-Gunnar. Han är en känslig pojk som har lätt för att påverkas av alla dåligheter runt omkring honom. Folk nu för tiden har alldeles för mycket fritid. Enkla kontorsjobb med allt för mycket prat och kaffedrickande. Det kan man omöjligen bli trött av. När dom kommer hem är dom utvilade och har all tid i världen till att sitta grubbla på saker och bli snurriga i huvudet. Bara för att det står något i en bok, så behöver det inte innebära att det har något med verkligheten att göra. Författare skriver böcker för att imponera på andra författare. Ordentligt innehåll är det tunt med. På samma sätt som journalister hellre skriver för kollegor och kulturelit, i stället för till folk i allmänhet. Det finns så många underliga teorier om än det ena, än det andra, att lättpåverkade personer blir helt kanakas. Dom blir tvungna att gå i terapi och äta piller. Dom borde skaffa sig en meningsfull fritidssysselsättning i stället. Jag har alltid haft veden att sköta om. Och stugan, inte minst. Det ger mål och mening och räcker för mig."

För Rolf är begreppet normalitet av stor vikt. Varför ska just hans son vara en sådan som drar vanära över sin far? Hur eländigt och illavuret känns det inte för en far när sonen inte blir som han själv önskar. Eller ens blir någonting alls. Att det skulle bli en hederlig arbetskarl av sonen hade Rolf för länge sedan givit upp hoppet om, men det var väl inte för mycket begärt av en far att önska sig en son som åtminstone var skötsam och betedde sig som folk. Kulmen på tokerierna hade nåtts vid påskmiddagen. Alla hade haft det mysigt och trevligt runt matbordet. Rolf var på solskenshumör och hade lagt sina gnagande känslor åt sidan, denna påskafton då Tilda hade ställt till med kalas på en lammstek av högsta kvalitet. Till och med minstingen såg ut att smälta in i gemenskapen med sina bröder och brorsöner.

"Kan du ge mig saltet, Jan-Gunnar?", undrade Rolf.
Inget svar.
"Skickar du saltet?" sa Rolf ännu en gång. Något tydligare, för att förvissa sig om att alla hörde vad han frågade efter.

Middagssorlet stoppade upp och knivar och gafflar hölls stilla på bordet. Bröderna Kurt och Bjarne såg lite generat på varandra, men valde att sitta tysta.

"Jan-Gunnar!! Vad tusan, du sitter väl inte och sover mitt på blanka dan?", hojtade Rolf, något uppfordrande, men ändå med gott humör.

Jan-Gunnar sa fortfarande ingenting. Han bara fortsatte att tugga, ordna med servetten och se ut genom fönstret. Rolf såg allt mer uppgiven ut. Armarna fäktade lite grand uppe i luften som för att signalera totalt oförstående, men ingenting hände. Då ansåg sig storebror Bjarne slutligen tvungen att förklara hur det hela låg till.

"Pappa. Jan-Gunnar är inte här. Mannen du ser framför dig heter Bahmapumpi. Bara du kallar honom Bahmapumpi, så kommer allt bli som vanligt igen. Han har lagt sitt gamla liv som Jan-Gunnar bakom sig. Han är fri och pånyttfödd. Han har fått hjälp av en guru och hela paketet."

"Mmmmm. Bahma. Bahmapumpi. Pumpi. Bahmapumpi. Mmmmabah, mmmmmabah. Huh! Bahmapumpi."

Efter den episoden var Rolf en slagen man som inför familjen och sig själv hade kapitulerat inför faktum. Gentemot utomstående försökte han dock hålla stånd och förmedla bilden av en duktig son som levde och frodades i storstadens myller. Så länge han nu förmådde att hålla emot.

Rolf följer mig ut till bilen. Han väntar inte för att se mig köra iväg. I stället lommar han med nedsänkt huvud bort över åkern mot skogsbrynet. Uppe vid berget samlar flyttfåglarna ihop sig. Hösten ser ut till att komma tidigt i år.

43

VIGGE

Du är nio år gammal. Du ligger med korsade ben i vädret och tuggar på ett grässtrå. Solen gassar. Det är sommar. Vigge, för dig är livet en stor glass. Du gör inte ett skapandes grand. Timotejstrået du har i din mun har du själv plockat på den äng där du ligger. I övrigt händer inte mycket. Dina dagar är lata och bekymmersfria. Ingen ställer krav. Ingen kontrollerar dig. Du är yngst i syskonskaran och din mamma skämmer bort dig när ingen ser. En glass här, en läsk där. Godispåsar som slinker ner. På rummet ligger leksaker huller om bladder. Det är inget extravagant. Inget överflöd, för vi befinner oss fortfarande på tidigt 70-tal. När du fyllde sju fick du en cykel. Den är fortfarande din springare som för dig fram, kors och tvärs i ditt revir. Kiosken, fotbollsplanen, badplatsen. Det är där du rör dig. Vigge, vad ska det bli av en oföretagsam själ som du? Om tio år kan du stå på sågverket. Om du sköter dig.

1976. Vigge sitter i en lånad roddbåt på Lönshultasjön, mest en sumpig håla med djupa vassruggar. Resultatet av ett sänkningsföretag 50 år tidigare. Inte mycket till sjö, men har ändå ett bra tillopp och är stor nog att hysa flera sorters fisk. Vigge står snart i begrepp att låna fler saker. Hans mål är beläget mellan två mindre öar. Vigge lossar bojen. Den är hårt knuten och ger en del motstånd. Blöta händer och fumliga tonårsfingrar, men snart ger knuten med sig och Vigges kamrat börjar hala in fångsten. De blanka och hala djuren lämnar villigt ryssjan och glider ner i hinken. Det är en fin fångst, men de tycker själva att ålarna är en ganska otrevlig syn, hala och slemmiga som de är. Brännvins-Stefans farsa har lovat att köpa ett par, ovetande att det rör sig om stöldgods. Resten slänger de ut på backen för ål är det äckligaste de vet. De binder roddbåten på helt fel plats och kör i väg på sina mopeder. Trimmade så klart.

Manfred intervjuas då och då i ortstidningen. Han är en lokal storfräsare. Auktionsförrättare, storbonde, näringsidkare, bouppteckningsman och ibland till och med fastighetsmäklare. En man att räkna med i bygden. Allvarsamma uttalanden blandas med skämtsamheter. Manfred har alltid glimten i ögat. Han har en tid plågats av problem i sina hjorthägn. Som den framåtsträvande entreprenör han är, insåg han tidigt att en bonde måste utveckla sin verksamhet. Det duger inte att sitta orörlig med trötta gamla kor när den Europeiska gemenskapen är i färd med att utvidgas. Hjortarna ger en och annan krona samtidigt som de är ett uppmärksammat inslag i bygden. Ett par gånger har staket klippts upp och ett par kalvar har försvunnit. Det är inte en stor sak, men vad värre är har flera av de äldre hjortarna drabbats av en gåtfull svampsjukdom. "Detta kan innebära slutet för hjortnäringen" utbrister Manfred i en halvsidesrubrik. I slutet av artikeln ges också ett tjuvnyp till dem som felparkerat hans båt och vittjat ryssjorna. Fast dylika tilltag bjuder Manfred gärna på. Han raljerar inte och beklagar sig ingalunda över dagens ungdoms förfallna moral. Han är själv en spjuver och det är inte så länge sedan också han var ung. Manfred har ett hjärta av guld.

Lördag kväll. För det mesta lämnar en stor buss samhället i riktning mot den stora festplatsen vid Skånegränsen. Den här kvällen blir det bara taxi. Eller åtminstone stor-taxi. Brännvins-Stefan är rejält dragen efter förfesten hos Persan. Han har placerat sig i framsätet vid sidan av chauffören. Han pladdrar om det ena och det andra. Fyllan gör honom pratglad och information om djupt fördolda hemligheter varvas med meningslösa historier och halvsanningar. Chauffören är luttrad och väl medveten om sin roll. Hade han haft ett större företag skulle han ha vetat att det kallades goda kundrelationer. En kollega är känd som Idi Amin och får bara körningar när ingen annan kan. Idi Amin har fasta regler, men för en chaufför med egen firma är intäkter viktigare än regler. Inom ett par minuter kommer passagerarna till att börja skandera. Det är dags att låta färdkosten passera ut. "Pissepaus, pissepaus, pissepaus".

Persan och Vigge sitter i baksätet. Den ett par år äldre Persan är rutinerad i sammanhanget. Han har till och med uppnått den aktningsvärda ålder då en svensk invånare är betrodd att köpa alkohol. För Vigge är ordet köpa, synonymt med "köpa ut". Ett uttryck som kan få en underårig att hymla med ögonen och för sitt inre se lyckliga stunder och vilda fester vid horisonten. Persan och förfester är ett begrepp i trakten. När Persans föräldrar är borta är fältet fritt för fest. Då är alla välkomna till deras villa. Folk från hela byn dyker upp med ansikten som lyser av festglans och förväntan. Vissa tittar bara inom. Andra stannar hela kvällen, tills det är dags att åka vidare. Festcentrum är beläget i köket. Det blir gärna så eftersom många förvarar medhavd dricka i kylskåpet. Vardagsrummet och gillestugan i källaren är också välbefolkade vid sådana tillfällen. I något av sovrummen kan några ha dragit sig undan för en hångelstund. Sådant höjer statusen på festen, menar Persan. På altanen har någon fått igång grillen.

Taxiresan är lång och Persan har sett till att de har färdkost som räcker hela vägen. Vigge har fått tag i en öl och spetsar den med Renat. Det smakar skit, men Vigge är en viking och låter sig inte nedslås av faktum, utan ser till att få den i sig. Persan dricker direkt ur spritflaskan och när det blir för starkt sköljer han ner med avslagen fruktsoda. Persan medger att det är lite patetiskt att sitta och dricka raggargrogg, men allt går ner en kväll som den här. Brännvins-Stefan dricker bara rent. Därav namnet.

Taxin lämpar av sällskapet strax utanför ingången till Silverdalen, folkparken med stort F. Hit kommer folk från hela södra Sverige. Stora scenen, ett dansgolv och två diskotek. Blåklädda vakter med långa vita batonger. När Brännvin kravlar ur taxin och reser sig i sin fulla längd lägger vi märke till att han har kritvita, tunna byxor som är vida nedtill. På fötterna sitter ett par bruna loafers med tofs. Den 70-talssvängda skjortan är halvvägs uppknäppt och i bakfickan putar världens tjockaste plånbok. Vi lastar inte Brännvin för det här. Året är nämligen 1979 och vi lämnar honom helt enkelt åt sitt öde denna sommarkväll där han står på parkeringen i djupsinnigt samspråk med två blondiner från Lönsboda. Vigge har under tiden blivit bjuden på specialgrogg av ett gäng från Blekinge. De har till och med släppt in honom i sin gamla Amazon. Föraren är lycklig som ett barn när han lyckas lura Vigge till att ta en alltför stor klunk. Vigge sprattlar som en fisk när innehållet passerar halsen. En amazongrogg är det inte många som tål. Nu spelar Factory 'Efter plugget' från stora scenen. Kvällens band har redan satt igång. Vad väntar du på Vigge? Skynda dig in!

HILDING

Där är han igen, Hilding. Maken till karl. Lång och ranglig som en älgkalv kommer han farande på sin cykel på väg till Diö för att köpa snus. Han har tre herar som underhåller på kalas. De spelar dragspel, slagverk och flöjt. Modern dog i barnsäng. Hilding vädrar med sina känselspröt, känner av atmosfären under några mikrosekunder och avfyrar sedan en snärtande frågearsenal mot sina oskyldiga offer. En ohälsosamt nyfiken och fräck karlslok kan man tycka, men den som tar honom på rätt sätt och har vett att bita tillbaka, får oftast en angenäm pratstund med denne bonde och oförbätterlige pratmakare.

"Vad ska ni ha till middag idag" undrar Hilding.
"Kalops, sås och potatis" blir svaret.

När Hilding passerade förra veckan var svaret "sås, potatis och kalops" och gången dessförinnan "Potatis, kalops och sås". Hilding vet mycket väl att Strömgrens inte har råd med så mycket kött. Ändå kan han inte låta bli att fråga ut dem. Hilding far vidare på sin cykel. På krönet av en liten backe ligger Sutareboda. Där är det Axels Sally som domderar och bestämmer. Här kan Hilding få sig en ordentlig avbasning om han inte vaktar sin tunga och det vet vi ju att han inte gör.

"Mor i Suttraboa har inte blitt smalare sen sist" skriker Hilding så fort han får syn på henne.

Vid brunnen sitter dottern och leker med en gråspräcklig katt. Sally trampar så när katten på svansen när hon reser sig från verandan och rusar fram mot grinden för att hinna återgälda vänligheten.

"Skrangliga pensionsgubbe" skriker hon och skrattar gott med hela sitt runda ansikte. Hade det inte varit för att öronen satt i vägen hade hon grinat runt. Den gången Sven-

Johans Arvid kallade henne för Flautapadda var hon inte lika godmodig. Det uttalandet fick Arvid äta upp femdubbelt.

Nästa anhalt är just Sven-Johans Arvids. Här stannar Hilding till och hör noga efter hur det är med både det ena och det andra. På fruntimmersfronten intet nytt? Hur var skörden? Vem har gjort vad och hur går det i stenbrottet och har han sett vem som var på banken inne i Diö och satte in en hel trave sedlar? Sven-Johans Arvid viftar avvärjande med sin krokarm och menar att inte vet han något om någonting. Några minuter senare har han ändå givit efter inför övermakten och avslöjat både det ena och det andra. Till vänster borta mot skogsbrynet till bor den låje Ohlander. Dit vågar han sig inte idag. Gustaf Ohlander har dåligt ölsinne och Hilding kommer än i dag ihåg hur illa han gick åt Hilding och hans modesta utfrågningar för ett par år sedan då det var auktion i Holkya. Auktionsutropare Manfred hade varit tvungen att ta 20 minuters paus i förrättningen tills Ohlander hade lugnat ner sig.

Vem är han då, denne Hilding? Kommen från Västra Torsås var han en gång i tiden. Flyttade in i frugans gård och brukade hemmanet med bravur. Kör du förbi Hildings hus sent en kväll kanske han inte är ute, men räkna med att se hans nyfikna och granskande ögon i något av fönstrena som vetter ut mot vägen från den ståtliga tvåvånings mangårdsbyggnaden. När frugan dog blev det svåra tider, men de redde sig bra och fick någon gång hjälp av det kommunala. Hände det aldrig att du ville ha en ny fru, Hilding? Kände du inte dragning till de nätta små hushållerskor som kom och skötte om er titt som tätt?

"Nä, det har jag alltid sagt att ett sådant besvärligt arbete som fruntimmersumgänge vill jag inte vid längre. I så fall ska de vara sexton år och så ska jag ha betalt per styck!", menade Hilding, alltid med glimten i ögat.

Hilding blev snabbt känd i bygden som pratmakare och humorist, kvick i käften som han var. Så fort han fick korn på ett okänt ansikte skulle han ha reda på varifrån denne kom och vilket skonummer som passade. Gamla bekantskaper mjölkade han ständigt på ny information. Han ville tvunget ha reda på hur det stod till med det ena och det andra. Var det en ungkarl var det så klart fruntimmersbiten som skulle avklaras. Var det en gift karl var det likaväl fruntimmersbiten som skulle avklaras. Många var de kvinnor som tog sig extra fort förbi Hildings gård för att slippa svara på frågor huruvida deras karl gjorde sitt jobb som han skulle, och så vidare. Nu var det inte snuskpratet som var huvudsaken, men det var kanske det som folk mindes bäst. Hilding ville helt enkelt veta vad folk i omgivningen hade för sig. Hur skulle han annars få reda på det? Varför frågar vi inte Svea i Bisterhult, förresten. Hon som tjänade piga i grannbyn Graneryd.

"Han pratade så illa så det var det rent dant", säger Svea och vill inte höra talas om beskrivningar som glad gamäng eller skojfrisk filur.
"Stor som en älg både kroppsligt och i munlädret", lade hon till.

Många andra damer ville ändå mena att Hilding var ovanligt dansant för att vara en ordinär bondkanin och därför ett förnöjsamt inslag på kalas och tillställningar.

En gång i augusti, det var i den varmaste rötmånadstiden, blev han sittande på Johan i Sutarebodas loge i flera timmar. Det var sensommar och tryckande varmt. Solen stekte så hemskt på den gamle Hildings kala hjässa att han hade varit nödd att ta sin tillflykt till logen. Där hade Hilding serverat den ena historien efter den andra. Som bekant nyttjar Hilding inte starkt. Kanske på sin höjd ett glas dessertvin eller en pilsner när andan faller på, men det var inte tal om brännvin för Hildings del. Det hade han aldrig tålt. Trots att Johan bara serverade kaffe och brunnsvatten i värmen hindrade det inte Hilding från att bli mer och mer vågad och ekivok ju längre samtalet fortskred. Det var pigor här och drängar där och hur var det nu. Var inte Sally hemskt krävande och svår i sänghalmen? Efter hand försvann solen och ersattes av gråsvarta moln och snart började det mullra över nejderna. Den första knallen var ljudlig och tätt efter kom ett smattrande störtregn. Nog såg det ut som att Hilding ryckte till där han satt i storväst och skjorta.

"Nä, sånt här är jag van vid. Det var inte mycket till åska det", menade Hilding.

Därefter kom det en fyra, fem knallar av ungefär samma kaliber och nu hade Hilding förvandlats till en mer lågmäld och ödmjuk lantbrukare. Den sista knallen kom nästan samtidigt med blixtnedslaget. Logen vibrerade som om det vore jordbävning. Smällen var öronbedövande och Hilding kastade sig huvudstupa ner på loggolvet. Ena armen fastnade i ett gammalt tröskverk och munnen fick han full av årsgammalt hö. När han hade rest sig igen var han inte i stånd att berätta fler historier, men det hade knappast med den höfyllda munnen att göra.

Även det här året var Hilding bjuden på jaktkalaset. Han var en trogen jaktkamrat och hade ofta fällt en och annan kalv eller ko. Nu var det ett tag sedan, men fortfarande höll han sitt pass vid kanten av Vakö myr. Inte långt från Rubisarnas. Det var just på ett jaktkalas, fast många år tidigare, som Hilding hade blivit tingad till det kommunala, det vill säga övertalad att ställa upp som Bondeförbundare i kommunalvalet i Virestad. Det var Arne i Baggås som hade lagt märke till hans uppenbara talang. Att få in Hilding i politiken hade varit som att ställa fram ett självspelande piano. Där fick Hilding nytta av sin medfödda begåvning. I fullmäktige kunde han pladdra och skrodera i timtal utan att någon ansåg det vara onaturligt. Han kunde linda en troende socialdemokrat runt sitt kraftiga lantbrukarfinger och enbart genom malande och tjat, få honom att känna sig som barnafödd bonde, åtminstone för en eftermiddag.

På morgonen, innan jaktkalaset skulle gå av stapeln, utförde Hilding sina vanliga sysslor. Han mjölkade korna med maskinen som krånglade nu igen. Sedan forade han kalvarna och såg till fårstängslena. På gårdsplanen behövde gräset slås en sista gång innan hösten kom på allvar. Herrarna hade flyttat hemifrån alla tre, men den här dagen var yngstemannen Börje hemma. Han hade tagit upp katten i famnen och började rensa henne från fästingar. Hon var full av dem fast det var höst och började bli kallt.

"Du borde plocka henne själv ibland", sa Börje. "Här är ju hundratals".

"Jag är för gammal och har för stora händer", genmälde Hilding olyckligt och satte sig på cykeln för att åka till jaktkalaset.

ETT JAKTKALAS

"Jahaupp, jag vet vems dålige honn, det var. Det var Kängs-lebodaherarnas stövare som hade drivit efter rådjur och kommit in på vår mark."

Rune i Låkan hade hört hunden skälla redan på förmiddagen. Först från väster, nere vid sjön och sedan utifrån myren. Det hände att hundarna sprang milavis när de hade fått upp ett spår. En del hundar av sämre kvalitet villade sedan bort sig, blev infångade och skjutsade tillbaka till ägaren. Rune var lite skadeglad men samtidigt missnöjd med att hunden hade varit inne och stört hans vilt. För det var nämligen hans egna vilt, tyckte han.

Rune i Låkan var in till dårskap intresserad av jakt. För honom skulle det inte spela någon roll om allt vilt i skogen var borta. Han skulle ändå ha tagit på sig hatten och lommat iväg med sin trogne drever i hälarna för att spåra tyskhare och rådjur. Sin sista tjäder sköt han 1963. Han var också den förste att erkänna att viltvård var ett påfund av skitnödiga stockholmare. Att viltet skulle må bättre av få halsen avsliten av ett rovdjur än att möta döden i form av en gevärskula, var naturligtvis en skrivbordsåsikt. Han kände heller inte till någon som jagade i syfte att se till att älgstammen höll sig inom det av svenska staten fastställda antalet. Jakt var för de allra flesta ett rent nöje. För honom själv en livsstil. Kunde det dessutom ge en eller annan stek på bordet så tackade han inte nej till det.

Jägmästare Bottneryd på Länsstyrelsen i Växjö hade föreslagit förmånliga bidrag för besprutning av hyggen med hormoslyr. Det hade varit en fjäder i hatten för jägmästaren att få alla skogsägare att sjunga på samma melodi, men Rune hade satt sig på tvären. Den gången fick Rune rätt. Med råge. Hans medfödda misstänksamhet mot överheten kunde ta sig uttryck i ren obstruktion. Rune hade nämligen lika mycket pengar som han hade träd. Det kunde hända att

53

han vägrade avverka ett skogsskifte som var 120 år gammalt. I stället kunde han ge sig på att ta ner 40-årig tallskog. Allt för att gäcka makthavarna. Enligt då gällande skogbrukslag fick man inte alls göra som Rune gjorde, utan skogen skulle skötas enligt förutbestämd öststatsplan. Felaktig avverkning kunde beivras med vite. Rune var också en av få som planterade ädellöv och tall på granmark, trots att alla visste att granen gav bättre avkastning. Efter januaristormen var det dock ingen som skrattade åt Rune längre. Allra minst Bottneryd som vid otaliga skogsägarträffar hade orerat om den europeiska granens fördelar. Nu låg varenda gran på marken som ett oredigt plockepinn. För en myndighetsakademiker som Bottneryd hade Rune inte mycket till övers. Fisförnäma pennfäktare och pärmbärare som var boklärda och bytte åsikt så fort någon förståsigpåare uppe i Umeå hade forskat fram något nytt, men livsfarligt gödningsmedel. Bottneryd tillhörde dessutom en annan sort. En anrik gammal släkt med idel storpotäter och boklärda. Fadern hade varit jurist och på ålderns höst hade han huserat i Växjö. Det var genom hans försorg sonen hade kommit in vid Länsstyrelsen.

Det som hade gjort Rune verkligt legendarisk i bygden var just en av alla dessa små skärmytslingar med Bottneryd. Ofta hade denne givit honom propåer, hotat med vite eller kommit med förnumstiga råd som Rune ibland motvilligt hade sett som användbara. Att bli respekterad och för den delen också ihågkommen i bygden var i grund och botten en fråga om härstamning. Du var antingen Manduses granna gräbba eller Teds låje here. Var du bara en here eller gräbba, vilken som helst, var du ingen att räkna med. I sådana fall var du tvungen att bevisa din duglighet tre gånger så ofta som den som hade stamtavla. För att räknas som verkligt stor i bygden måste man dock utföra något storverk eller iögonfallande bedrift. Det kunde röra sig om större dikningsföretag, nedläggande av älgtjur eller byggande av jättelagård.

54

Allt sådant hade Rune redan uppnått och lagt bakom sig, men det fanns ytterligare en dimension av berömmelse och den är av klassisk natur: Den lille mannen som drog en högre stående person vid näsan. Sådant betingade odödlighet i generationer framöver. Runes måltavla varigenom han blev extra populär i bygden var så klart Myndighetsjägmästare Bottneryd. En nog så trivial historia som ändå skulle räknas som ett storverk på räkenskapens dag.

Rune och Bottneryd hade varit ute och inspekterat ägorna hela eftermiddagen. Bottneryd hade synpunkter på en oröjd plantering, medan Rune hellre ville diskutera utdikning av Mellanmyren. Det tyckte Bottneryd var onödigt.

"Man måste avsätta viss areal för naturvård. Så säger lagen."

Bottneryd travade omkring i myren. Han borrade i stammar och plirade i sitt relaskop.

"Kanske kan du få något dikningsbidrag i alla fall", sa han slutligen.

Sedan följde de viltstråket genom Surmyren. Rune gick först. Därefter följde Bottneryd i hans fotspår. När de hade kommit halvvägs kom Rune på att han hade glömt sitt matpaket vid Näsholmstallen.

"Vi ses vid bilen", sa Rune. "Jag springer runt så kan du bara gå rakt igenom."

Vad Rune naturligtvis visste var att Bottneryd inte på egen hand skulle klara av att ta sig ur Surmyren. Det han inte hade tänkt på var att Bottneryd var envis som synden. När han förstod att Rune hade lurat honom och ville att han skulle sätta sig och vänta på att bli hämtad, hade han givit sig ut i myren på egen hand. Det hade naturligtvis misslyckats, så nu satt Bottneryd fast ordentligt i dyn och höll sig ovanför ytan genom att klamra sig fast i en av de småtallar som växte på myren. Bottneryd blev surare och surare. Både till kropp och själ. Speciellt sur blev han när Rune sent omsider kom dragandes med två av Rubisarna, Torsten i Näranshult och till på köpet Hilding och Björnen – dessa olycksaliga pratkvarnar.

"Det hade räckt med bara mig om du hade stannat där du var, i stället för att ge dig ut i myren på egen hand", försvarade sig Rune samtidigt som han myste gott inombords.

Det hela hade gått betydligt bättre än väntat. Avsikten hade bara varit att låta jägmästaren få vänta tjugo, tretti minuter. Nu hade han i stället fått sitta fast i flera timmar samtidigt som hela bygden blev varse att Bottneryd var en stadsbo som inte kunde ta sig fram i minsta lilla surmyr.

Det var ännu tidigt på kvällen, men det var redan ett myller av folk i och runtomkring bygdegården. Småbarn sprang med lottringar. Kärringar slamrade i grytor och jaktkarlarna strömmade till. Dansorkestern hade redan anlänt och satt i köksavdelningen och åt. De åt i förväg för att kunna vara spelfärdiga i tid. På jaktkalaset var bara jägare och drevkarlar med respektive välkomna. Efter hand började så gästerna strömma in. Torsten i Näranshult, Rubisarna, Ted i Norragård, Rune i Låkan, Mandus, Börje i Kängsleboda, Algot i Nedraön, och så vidare. Ja, alla var där. Nu kunde årets jaktkalas börja.

Hilding anlände bland de sista till kalaset. Det hade varit krångel med kvällsmjölkningen. Den förste Hilding fick syn på var Björnen. En storväxt och relativt nyinflyttad karl som inte direkt såg buskablyg ut. Efter bara ett par minuter hade Hilding fått ur honom att han inte alls hade på jaktkalaset att göra, eftersom han varken jagade eller drev. Det verkade som att han bara hade dykt upp och börjat förse sig. Det tyckte Hilding var oerhört spännande och fortsatte därför utfrågningen av Björnen i närmare en halvtimme.

Hilding fick veta allt om Björnens svaghet för utländska damer, mat och maltdrycker. Han fick sig också till livs en historia om hur Björnen i sin barndoms Göteborg hade haft för vana att tjuvåka på Paddan och vid upptäckt helt sonika hade hoppat i sjön. Rund som han var flöt han förr eller senare i land. Efter utfrågningen verkade Björnen helt opåverkad och i stället för att försöka komma undan Hildings nyfikenhet, började han på eget initiativ berätta rövarhistorier. Den ene värre än den andre. Därefter lirkade han ur Hilding pikanta detaljer från hans eget liv, vilka han direkt börja håna honom för. Till exempel det komprometterande faktum att han, Hilding, inte tålde brännvin. Maken till fräckhet hade inte ens Hilding upplevt, varför han genast förpassade sig därifrån och förvillade sig i stället bort mot groggbordet, trots att han egentligen inte nyttjade starkt.

"Dricker du inte brännvin?" hade Rubisa Ivar utbrustit vid ett tillfälle. "Det verkar rent onaturligt. Hur skulle en klara sig utan brännvin? Förr i tiden var brännvin den enda medicin som fanns att tillgå", menade Ivar.

Det var allmänt känt att om det inte hjälpte med brännvin, var det lika bra att gå och lägga sig i kistan. Skar man sig i handen kunde man antingen ta brännvinet utvärtes, direkt på såret, men även invärtes var ett fullgott alternativ, eftersom en god salva anses söka såret. Säkrast var att göra både och. Ett flertal gånger.

Ett jaktkalas hade sin gilla gång och bjöd sällan på några överraskningar. Middagen sattes på bordet i bufféform där alla kunde förse sig med stek, gelé, brunsås, överkokta grönsaker och potatis. Till detta dracks det läsk, öl och brännvin. Snapsarna var inte små. Trots detta kunde man varje år höra Elving i Varabökes anmärkningar som gick ut på att hemma hos sig hade han glas som var minst dubbelt så stora. Mitt i middagen var det dags för tal och historier. Det kunde gälla speciella bedrifter under årets jakt eller gamla bedrifter som med tidens gång hade fått drag av legend eller rentav skröna. Det här året var även jägmästare Bottneryd inbjuden tillsammans med sin sköna Cecilia. Inbjudan skulle verka som ett slags plåster på såren för det nesliga doppet i Surmyren tidigare på hösten. Bottneryd var dagen till ära klädd i rödgrön jägmästarväst och stämde högljutt och fryntligt upp i de sånger som sjöngs emellan snapsarna. Som var och en förstår kunde Rune inte låta bli att åter en gång redogöra för tillbudet ute i Surmyren och neddrog många skratt vid middagsbordet. Bottneryd hade knappast väntat sig något annat och höll så god min som man kan begära, medan han i stället försökte koncentrera sig på den delikata småländska ostkakan. Efter middagen skulle dansen ta sin början. Orkestern satt redan på plats och hade så smått börjat fila på instrumenten. Snart skulle Hilding i Välje bjuda upp Algots Margareta och samtidigt förhöra sig om det ena och det andra.

Det var då han slog till, Björnen. Denne onaturlige och osannolike figur till stadsbo, som hade hamnat i skogsbygden och lufsade runt i var och varannan stuga och snokade med sin blöta nos. Full av otakt och ohyfs som han var. Stannade inte länge, men häcklade hög som låg, och snappade upp sådant som han inte borde. Oförmögen att anpassa sig till rådande skick och fason. Hans illegala närvaro på jaktkalaset kunde man väl ha överseende med, men nu hade Björnen fått brännvin i sig och stärkt av framgången med att vara Hildings överman kände han sig oövervinnelig. Tvärtemot vad som var brukligt vinglade han sig fram mot bygdegårdsscenen där Rune i Låkan som bäst stod vid mikrofonen för att presentera kvällens orkester. Björnen brydde sig inte om ifall mikrofonen var på eller inte och hade förmodligen ingen aning att den ens existerade eller att han störde Rune mitt i ett viktigt uppdrag. Han båkade sig ändå en väg dit där Rune stod, och satte sedan igång med sitt otillbörliga pladder. Björnen gick direkt på episoden då Rune hade skadskjutit ett rådjur på 300 meters avstånd. Rådjuret hade linkat iväg och förmodligen självdött någonstans. Rune hade aldrig slagit på stora trumman och kallat på hjälp för att spåra upp det lidande djuret. Historien hade tystats ner men på något sätt hade Björnen fått korn på sanningen. Nu hånskrattade han högljutt åt Runes inkompetens och den påslagna mikrofonen trumpetade ut det förbjudna till alla, varesig de ville lyssna eller inte. Björnens förargliga skratt ekade i lokalen och en pinsam tystnad hade sänkt sig över sällskapet. Dansen kom av sig och orkestern spelade ett par lugna Evergreens istället.

Det här var ett övertramp mot kutym och skick och ett angrepp på det som ansågs vara rätt och moraliskt. Nog för att Rune hade varit dum och klumpig, men Björnens prat var något som inte var tillåtet. Björnen lät sig inte nöjas med enbart Runes skalp. Han gav sig genast på ytterligare ett antal bönder och jägare. Birgitta Göranssons äventyr med en spanjor förra sommaren, ventilerade Björnen utan att spara på detaljerna. Inte heller kom Rubisa Ivar undan. Hans resultat på skjutbanan var allt annat än godkänt och det raljerade Björnen kring i minst tre, fyra minuter. Den jaktlagsmedlem som sköt en 24-taggare under olovlig tid fick sig också en släng. Nu var Björnen färdig. Han stod på scenen med påslagen mikrofon och avlossade hånskratt på hånskratt. Kavajen var nedfläckad med både brunsås och gelé från detta kalaset och ett par av föregående års. Den uppknäppta skjortan vittnade om Björnens härliga fylla.

"Oj, oj, oj. Vilka korkade bönder! Jojomän. Riktiga bondkaniner", bullrade Björnen.

Senare på kvällen när Björnen hade lugnat ner sig och gick omkring i lokalen och skrattade för sig själv, samtidigt som han gick hårt åt tårtan, samlades en del av festdeltagarna i små grupper. Nu måste Björnen stoppas och straffas, tyckte man. Det rådde i vissa fall ren lynchstämning med inslag av tjära, fjädrar och prygel. Andra menade att nu måste det åtminstone bli ett stopp för Björnens deltagande i framtida jaktkalas. Dagen efter, på kvällen, samlades en del av dem hemma hos Rune och diskuterade det som hade skett. Rune yrkade på spöstraff och hemsökning, medan flera av de andra så här dagen efter, ville skylla Björnens attack på brännvinet och tyckte inte att det inträffade var så farligt när allt kom omkring. Det en person gjorde under inflytande av brännvin kunde alltid bortförklaras. Ju större dumhet och ju större flaska desto större chans att man blev förlåten. Efter ett par koppar kaffe enades man om att den omvittnat diplomatiske Gustav skulle se till att Björnen hölls utanför nästa års kalas eller åtminstone förmåddes att delta i drevkedjan.

Here – Son eller pojke
Gräbba – Dotter eller flicka
Kärring – Fru eller kvinna.

BJÖRNEN

Strängt taget påminde hela karlen om en björn. Armarna var långa och krumma och följde den groteskt stora kroppshyddan då han med sin lufsande gång skred fram längs grusvägarna. Över skjortlinningen, bak på ryggen, reste sig en brunaktig ragg som avslöjade hans djuriska ursprung. Ofta sågs han i färd med att skrubba sin raggiga rygg mot unga träd eller grannarnas dörrposter. Vissa ville påskina att han vintertid sjukskrev sig för att passa på att gå i ide. Samma personer hade vid upprepade tillfällen iakttagit honom runt omkring i skogarna länsandes de bästa blåbärsställena. Honung vräkte han i sig som andra drack vatten. Nu ska vi inte lyssna på dem allt för noga. Björnen var naturligtvis en vanlig man, om än inte helt vanlig. Han stora bilringsrunda kropp ackompanjerades av ett på ytan fryntligt humör som när man lyssnade mer noggrant enbart syftade till att irritera den han talade med. Vid sådana tillfällen ekade Björnens bullrande och förargliga skratt samtidigt som han förnöjd med sitt dåd lufsade vidare.

Björnens stuga låg undanskymd och ingen av byns gårdar fanns inom synhåll. Han var inte från bygden. En främmande fågel som på ett finurligt sätt hade armbågat sig in i gemenskapen. Han hade kommit för ett par år sedan då han fick jobb i det kommunala. Hans nyfikna tryne syntes snart överallt i bygden. Den första inbjudningen till bygdegårdskalas hade varit ren artighet. De följande hade han pratat sig till. Nu kändes det genant för byborna att neka honom tillträde fast de inte önskade något hellre. Björnen var enligt vissa ett trivsamt inslag, för andra en nagel i ögat. "Han är en liten pojke i en mans kropp", sade Berit på Bökön och stack till honom en påse nybakta bullar. På sommarkvällarna var han som värst. Då kunde han gå förbi Rubisa Svens ett otal gånger för att mala om samma saker gång efter annan. Björnen stannade alltid till precis vid grindöppningen. Medan han pratade, skrubbade han sin rygg mot en ung lind som växte strax utanför Rubisas tomtgräns. Det var ett subtilt häcklande. Nästan obemärkt kunde han smyga in en oförskämd sarkasm om Svens gamle jakthund. Innan Sven riktigt hade förstått vad det handlade om var Björnen försvunnen. Det enda som vittnade om att han hade varit där var det karaktäristiska hånskrattet som ekade borta i skogsbrynet.

På landsbygden lyser kvinnlig fägring med sin frånvaro. De flesta flyttar till stan och de som blir kvar gifter sig tidigt. För Björnen fanns inte ens gamla änkor att tillgå. Därför riktade han sina lystna blickar österut. Den första vi hörde talas om var Svetlana. På Björnens vandringar var det nu hennes formidabla kvaliteter som avhandlades. Hon kunde än det ena och än det andra. När ska du ta hit henne då, undrade alla. Det dröjde inte länge förrän pratet om Svetlana byttes ut mot Olga och så skulle det väl fortsätta, trodde man, men plötsligt fanns hon här – Irina. Irina från Vilnius. Hon flyttade in i Björnens stuga och började städa och röja upp så det rykte om det. Björnen fick gardiner och nya möbler och kommenderades emellanåt ut i trädgården för att kamma gräsmatta och land.

"Ja", berättade Björnen och såg ut som en prins. "När jag kommer hem från jobbet står maten på bordet. Mina kläder ligger i prydliga högar och allt är nystruket. Även kalsonger och strumpor."

Ja, så kan det vara i början, men vad ska hända när Irina märker hur besvärlig Björnen är och hur roligt är det egentligen att sitta hemma i Björnens stuga dagarna i ända? Hon blir inte gammal här, trodde alla. Men ingenting speciellt hände. Björnen blev något lättare att hantera eftersom han var tvungen att lägga så mycket energi på sin Irina, men han gick naturligtvis sina skryt- och skrävelrundor i bygden med jämna mellanrum. En fredag eftermiddag i slutet av november var Algot i Nedraön inne i samhället för att förrätta ett ärende på Föreningsbanken. På vägen tillbaka till parkeringen passerade han hörnet där Domusrestaurangen var belägen. Då fick han se en hårig gestalt som satt vid fönsterbordet och slafsade i sig slottsstek med gelé och brunsås. Några dagar senare konfronterade Algot Björnen med det inträffade. Hur kunde det komma sig att Björnen satt och åt på restaurang? Var Irina försvunnen eller hade hon blivit sjuk? Nej, sa Björnen, det är bara det att de här öststatsdamerna lagar väldigt mycket mat, fast den är inte alltid så god.

Älgjakten var ett kapitel för sig. En helig institution för allt manfolk i bygden. Det fanns dem som jagade rådjur, älg, vessla, tyskhare och räv. Ja, allt du kan tänka dig, det stora flertalet nöjde sig med älgjakten. För Björnen var det, det årliga jaktkalaset som hägrade. Hur illa suktade han inte efter brännvin och kalasmat. Han visste mycket väl att villkoret för deltagande var medlemskap i jaktlaget eller tjänstgöring som drevkarl. Likväl hade Björnen tagit för vana att nästla sig in på kalaset. Utan att någon på allvar kom sig för att protestera satt Björnen plötsligt vid en bordsände och försåg sig. Han åt som den björn han var. Ansiktet långt ner mot bordet. En gaffel som skyfflade mat in en mun vars underläpp sånär vidrörde tallriken. På brännvinet var han svår och runt groggbordet huserade han.

Nu fanns det vänner av ordning som var ordentligt trötta på det som föregick. Björnen skulle ut, menade man. Speciellt med tanke på hans tilltag nu i fjor, då han hade äntrat scenen och börjat smäda framstående jaktpersonligheter, utan någon som helst respekt eller hyfs. Jaktkalaset var till för jägare. Inte för matmonster och pratkvarnar. Nog hade Rune i Låkan skällt på Björnen. Värre än sina egna jakthundar, men inte hade det hjälpt. Björnen hade bara klappat sig på magen och gapskrattat. Rubisa Gustav, som var en fridens man, menade å sin sida att det måste gå att få Björnen att delta i jakten som drevkarl. På så sätt skulle hela problemet komma ur världen. Då majoriteten av byborna var av den fridsamma och diplomatiska sorten, var det så det fick bli. Hellre försöka lirka in Björnen i jaktlaget än att säga till honom på skarpen. Redan på vårkanten började jaktlagets medlemmar försöka tinga Björnen till drevkarl. Det var stört omöjligt. Björnen var inte typen som ville klafsa runt i skogarna och vara tvungen att stiga upp i gryningstimmen nästan innan han gått och lagt sig. Vad skulle de göra nu? Hur skulle de få Björnen att ta reson?

Rubisa Gustav var yngste nu levande sonen till skomakare Rubi Strömkvist i Rankaboda. Gustav hade en gång skjutit en 32-taggare vid kanten av Vakö myr. Älgtjuren löpte bortemot 400 meter innan Gustavs skott fick full verkan och strax bortanför Berget hade den slutligen givit upp andan. Det var ett magnifikt djur och Rubisa Gustav hade under flera års tid sett det, spårat det och beundrat det innan han slutligen fick korn på det. På det årets jaktmiddag hade Rubisa Gustav stått i centrum. Alla ville om och om igen höra hur Gustav hade iakttagit tjuren hela morgonen och lämnat sitt pass vid Flatön bara för att kunna komma inom skotthåll. Än idag är Gustavs bedrift i färskt minne, även bland de yngre i jaktlaget. På den tiden då Gustav hade fällt älgtjuren fanns ännu inte Björnen i byn. Nu hade Gustav bestämt sig för att fälla även honom. Gustav företog vapenvård med puts och oljning. Nu var studsaren klar att användas på ordentligt storvilt. Gustav ställde in geväret i vapenskåpet och gjorde sig beredd. Nog skulle Björnen fällas, men inte med hjälp av skjutvapen.

Gustav tillgrep den enklaste list man kan tänka sig. Känner man sin Björn vet man också hur man får honom i fällan.

"Vet du vad som hände igår? Irina gjorde i ordning ett bad åt mig. Sedan serverade hon drinkar".
"Jo män, jo män" mumlade Gustav och började gå längs vägen med Björnen i släptåg.
"Jag har starkt i stugan, sade Gustav. Men det är en bit att gå, förstås."

Björnen var inte svår att övertala och snart var de framme vid Rubisa Gustavs.

"Hur blir det med mat? Har du revben? "

Björnen var hungrig och hade tjatat på Gustav hela vägen. Nog hade Gustav tänkt på det också. Han hade ordnat med både Jansson, prinskorv, sill och isterband. Björnen glufsade i sig både det ena och det andra. Gustav tyckte inte att det lönade sig att ta fram de små snapsglasen. Det krävdes kaffekoppsstora sherryglas för att stilla Björnens törst. Var och en som har sett Björnen dricka kostnadsfritt brännvin kan förutse hur det hela kom att sluta. Björnen gick lätt bärsärkargång bland Rubisa Gustavs pinnstolar och jakttroféer innan han dråsade rakt ner i soffan och somnade.

På morgonen skulle Gustavs gillrade fälla slå igen med full kraft. Det var första söndagen i oktober, och tidigt i ottan skulle drevet gå. Nu föll det sig så att Gustavs stuga var belägen mitt i drevstråket. Således kunde Gustav och Björnen haka på drevet när det drog förbi. Alltså skulle Björnen automatiskt komma att delta i drevet och på så sätt bli godkänd som deltagare i jaktkalaset senare på hösten. Den försiktiges diplomati. Det var bara det att när Gustav schasade Björnen ur stugan, for han med högsta fart rakt emot drevet och raka vägen hem till sin stuga. Drevkarlarna hade i vissa fall tvingats ta skydd när Björnen drog förbi. Rapporter om mindre träd och buskar som hade ryckts upp med rötterna förekom också. Merparten av jägarna såg således inte röken av Björnen och hela projektet måste anses som totalt misslyckat. Det Rubisa Gustav inte kände till var att medan han gick och smidde sina Björnplaner hade Britta i Näranshult drabbats av gallstensanfall. Det var i sig ingen nyhet att Britta led av gallsten, men nu var det så att det alltid var hon som anlitades som kalaskokerska vid jaktkalaset och nu ville det sig inte bättre än att gallstensproblemen hade tilltagit i omfattning, varför Britta inte ville åta sig uppdraget det här året. Gustav hade heller inte förstått att uppdraget nu hade gått till Irina och därmed skulle Björnen i egenskap av äkta man, bli en godkänd och rumsren gäst på kalaset. Hela Gustavs projekt hade således varit förgäves och man kunde bara hoppas att Björnen höll sig någorlunda i skinnet det här året.

DVÄRGEN

Rubisa Gustav satt och drog på det en lång stund. Han hummade och brummade och sneglade åt köksklockan till. Menande att det snart kunde vara dags att tänka på refrängen, i stället för att svara på frågan som var ställd. Gustav hällde en skvätt kaffe på fatet och stoppade en sockerbit mellan tänderna. Det hördes ett svagt sörplande när han höjde fatet mot munnen och lät drycken passera. En bulle slank också ned, tillsammans med ett par finska pinnar. Hans kala hjässa blänkte i skenet från den starka kökslampan. Ögonen plirade fram och tillbaka sökande efter den flyktväg som han såväl behövde men naturligtvis insåg inte fanns. Han tyckte inte det var mycket att sitta och prata om egentligen, men om vi nu tvunget måste ha reda på det, så kunde han visst säga varför taxen hade blivit så illa tilltygad att han hade fått åka in med den till veterinären i Älmhult, fast det var söndag och allt. Gustav kliade sig i skäggstubben och var, som vi trodde, i färd med att påbörja sin berättelse. På tal om veterinärer, berättade han i stället i långsam och malande ton, historien om när Torsten i Näranshult skulle ringa efter en bouppteckningsman från Växjö. Varför det tvunget skulle vara en bouppteckningsman från just Växjö, berodde på att denne var en vän till familjen, tillika Jur. Doktor. Det var naturligtvis onödigt med en Jur. Doktor för en så trivial sak, men hur det än var skulle just denne Jur. Doktor tillkallas. Det var på den tiden då det bara fanns manuella telefonväxlar. Det hela avlöpte som sig bör, ända tills Älmhultstelefonisten bad Växjötelefonisten om en linje till JurDoktor Lilliekrona. Växjötelefonisten utbrast då:

"Jur doktor? Ni på landsbygden kan väl ändå försöka lära er att det heter veterinär!"

Det var som sagt en söndag morgon som Gustav och hans bror Ivar hade begivit sig ut i markerna för att spåra harar. Det hade snöat lätt under natten och förhållandena kunde knappast varit bättre. Därför hade Gustav tidigt på morgonen ringt till sina bröder Ivar och Ragnar för att få dem med ut på jakt. Ragnar sade sig vara upptagen med sin kärrings antikviteter, men Ivar hade utan större dröjsmål kommit cyklande med geväret på ryggen. Skogsharen skulle med sin vintervita päls inte ha några svårigheter att kamouflera sig, men dess spår och doft skulle oundvikligen få den i fällan. Gustavs gamle tax var otålig och ryckte och slet så att halsbandet stramade mot strupen. Den skällde som besatt och gjorde halvhjärtade utfall mot inbillade fiender. Gustavs försök att lugna den var naturligtvis förgäves. Taxen behövde ett par minuter på sig att komma ner i varv efter att ha blivit utsläppt från en natt i hundgården. Taxen var av strävhårig ras och hade stamtavla av den finare sorten. Nu var den gammal, aningen döv och hade egentligen tjänat ut, men Gustav kom sig inte ens för att skaffa en yngre upplaga. Än mindre ville han göra sig av med sin gamle trotjänare.

Redan när de hade kommit ut på fältet närmast Ragnars fick de syn på en välbekant gestalt som tog sig fram längs skogskanten. Benen for som trumpinnar mot den frusna marken men ändå förflyttade figuren sig löjeväckande långsamt. Det var ingen tvekan om att det var Dvärgen som var ute på söndagspromenad. Dvärgen var jämngammal med Gustav och var en tvättäkta dvärg. 142 cm lång med ett för dvärgar karaktäristiskt stort huvud. Dvärgen hade kommit tillbaka till bygden på gamla dar och bodde i sitt föräldrahem där han hjälpte sin gamla mor, så gott det nu gick. I yngre dar, innan Dvärgen hade lämnat bygden, var han mest känd för incidenten med båten i Helgeån. Som så många andra dvärgar kunde han inte konkurrera med kamraterna inom idrott och i allmän karlaktighet, utan fick förlita sig på list, ilska och ettrighet. Argsint kunde han också vara.

En gång när Dvärgen och några jämnåriga var nere vid Helgeån och metade, kom det förbi en eka fullastad med stadsbor. Stadsborna hade för vana att följa åns lopp genom

Låkasjön och sedan vidare in mot Storsjön och stan. Det tog hela dagen att ro en så pass lång sträcka och därför var de tvungna att ha rikligt med färdkost med sig. Medan de kalasade på ost, skinka och bier, stannade stadsborna till och betraktade Dvärgen som de naturligtvis upplevde som exotisk.

"Får ni ingen mat härute era bonnkaniner, så att ni kan växa och bli stora?", hånade de Dvärgen.

I stället för att ta Dvärgens parti började också kamraterna hetsa på Dvärgen som naturligtvis blev sur och lufsade iväg längs stranden. Lite längre nedför ån gick Dvärgen försiktigt ut i ån och dök ner under vattenytan. Att simma och dyka i vatten var i sig en bedrift vid den här tiden. Det var långt ifrån alla som fann det mödan värt att lära sig. För Dvärgen blev simkunnigheten en slags kompensation för sin litenhet på landbacken.

När båten med stadsborna i så småningom passerade, klamrade sig Dvärgen fast längst bak på båtens kortsida. När Dvärgen emellanåt stack upp sitt stora huvud över relingen såg han rakt in i roddarens rygg och på så vis skymdes han också för de två andra stadsborna som satt i andra änden. Ungefär var trettionde sekund stack Dvärgen upp en labb och nappade åt sig en godbit ur stadsbornas matsäckskorg som stod längst bak i båten. Det var korvar, sillpaket, potatis, smörgåsar, ja allt du kan tänkta dig, som fann vägen ner i Dvärgens bottenlösa mage. När Dvärgen så småningom hade länsat hela båtskafferiet gav han sig på ölen. Efter sju, åtta bier var han så mätt och på lyran att han var tvungen släppa taget och det första stadsborna fick se, var en på ryggen flytande dvärg som i bägge händer höll en helflaska brännvin. Han sölade vårdslöst med brännvinet så att det mesta hamnade i ån. Först skrattade stadsborna ohämmat och petade lite försiktigt på Dvärgen med årorna innan det gick upp för dem att det var deras egna brännvinsflaskor Dvärgen hanterade så oförsiktigt. Då de kom på att de helst av allt ville slå Dvärgen med årorna, hade han redan ryckt till sig dem och kravlat sig upp på land. Dvärgen löpte sin kos så gott det nu gick med tanke på maginnehållet och gömde så klart undan årorna i en granplantering. Stadsborna fick driva vind för våg bort till Möllekullabron, där de efter hand fick skjuts in till stan. Det var i samma veva som Gunnar Kontant lyckades fånga ett helt stim med slöa abborrar, som när hans kärring hade tillrett dem, visade sig smaka förfärligt mycket av brännvin. Sedan den dagen försökte Gunnar förgäves fånga fler brännvinsfiskar.

Innan Dvärgen återvände till hembygden hade han levt ett spännande liv. Han hade besökt flertalet kontinenter, utöver Nordamerika, och kunde när han var på det humöret berätta de mest fascinerande historier. Ofta hade han tjänstgjort på cirkusar och hade till att börja med fått ta de sämsta och farligaste jobben. Det var till exempel praktiskt att använda en dvärg som levande kanonkula. Många gånger hade han dödsförskräckt varit tvungen att låta sig stuvas ner i kanonmynningen och blivit uppskjuten i luften. Hade han tur prickades skyddsnätet som sig bör. Andra gånger kunde han flyga rakt igenom tältduken och vidare in bland hustaken. En gång hade han landat rakt i en diplomatbostad. Ambassadörsparet blev så charmerade av den lille mannen att de behöll honom som betjänt och sällskapsperson under en hel vinter.

Under en turné i Mellaneuropa, före kriget, fick Dvärgen ännu en gång nytta av sin kärlek till vatten. På den väldiga Floden Donau kapsejsade då ett mindre passagerarskepp. Det fraktade folk från den ena stranden till den andra i skytteltrafik. Trots att det var en kav lugn dag fick skutan slagsida. Den kom i gungning på grund av ett maskinfel och sedan gick katastrofen inte att hejda. De som var simkunniga tog sig själva in till land, men för ett femtontal personer gick det riktigt illa. Dvärgen, som vid det aktuella tillfället satt vid den södra strandkanten, kastade sig i vattnet och lyckades trots sin litenhet rädda livet på ett par personer. När han i tur och ordning hade bogserat in en 10-årig flicka och två äldre herrar var han totalt utmattad. Då fick han se ännu en man som bara var 30 meter från strandkanten och förtvivlat kämpade för att hålla huvudet ovanför vattenytan. Dvärgen förstod att det rörde sig om sekunder och kanske skulle både han själv och mannen stryka med, men med livet som insats gjorde Dvärgen en sista ansträngning och lyckade rädda även denne man till livet. När mannen hade torkat till, lade Dvärgen märke till hans speciella sidbena samt den löjligt lilla, nästan kvadratiska och tudelade mustaschen. Mannen var så klart Dvärgen evigt tacksam och gav honom ett visitkort och menade att nu var det fritt fram för honom att bo och äta utan kostnad i familjens etablissemang närhelst han ville. Då Dvärgens Cirkussällskap skulle resa vidare redan nästföljande morgon fick Dvärgen aldrig tillfälle att besöka 'Hitlers Gasthof & Speiserei' på Königstrasse i Wien.

Den mest omtalade incidenten med Dvärgen i huvudrollen var ändå den när han i sällskap med ambassadörskan bevistade en finare tillställning hos en grevinna de Chatelier på hennes lantegendom. Under eftermiddagen gjorde den numera belevade och chevalereska dvärgen gott intryck på samtliga närvarande potentater. Han skålade och konverserade som den värste baron, sin enkla bakgrund och bristfälliga språkhantering till trots. Under middagen blev det mer skålande mellan gåslever, fasan och vaktel så efter ett tag kände sig Dvärgen lagom dåsig. Eftersom han på grund av sin litenhet redan hade svårt att hålla huvudet över bordskanten, var det ingen som lade märke till att han gled ner under bordet och tog sig en mindre lur. Efter ett tag kändes det kallt att ligga under bordet och då förflyttade han sig in under grevinnans vidlyftiga kjolar. Det var den typen av kjolar som släpade i marken och mer liknade tält än klädesplagg. Därför uppfyllde de sin roll som dvärgtäcke mer än väl. När Dvärgen hade sovit en stund hände sig det för grevinnan som kan hända även för riktigt fina personer. Hon var helt enkelt tvungen att släppa väder. Dvärgen som precis hade vaknat till fick sig nu en ordentlig dusch odörer rakt in i sitt känsliga tryne. Detta gjorde honom alldeles vimmelkantig och när Grevinnan kort därefter reste sig var Dvärgen inte i stånd att ta sig därifrån utan hängde sig kvar genom att kroka armarna i några av kjolens häktor. När Dvärgen så småningom piggnade till vore det naturligtvis opassande att plötsligt göra entré underifrån värdinnans kjolar. Därför kilade Dvärgen omkring under grevinnans kjolar resten av kvällen. Det var en stor och välfrekventerad baluns och det var inte många som saknade Dvärgen utan det förutsattes att han var inbegripen i någon världslig diskussion med den ene eller andre i sällskapet. När grevinnan senare på nattkvisten drog sig tillbaka fann hon en förlägen dvärg under sina dyrbara kjolar. Vad som därefter hände ville aldrig Dvärgen berätta något om, men enligt uppgift ska grevinnan i förtroende meddelat utvalda delar av sin väninnekrets att en dvärg, trots den ringa storleken, är så god som en ann. Det är bara en fråga om hur mycket av honom man benyttjar sig av.

"Nu ska vi skoja med Dvärgen", sa Gustav.

Ivar förstod då att det inte skulle bli något äkta skoj eftersom det var allmänt känt att Gustav och Dvärgen inte drog jämnt. Ivar försökte därför få med sig Gustav i samma riktning som harspåren ledde, men Gustav var som besatt av tanken att få driva gäck med Dvärgen. Därför lade Gustav an och fyrade av ett skott åt det håll där Dvärgen befann sig. Sedan släppte han lös taxen och lät den löpa. Skottet landade naturligtvis inte i närheten av Dvärgen, men meningen var att Dvärgen skulle tro att man av misstag tog honom för villebråd. För att förstärka scenen ytterligare var det meningen att en modig tax skulle nafsa den bortflyende dvärgen i bakhasorna. När Gustav och Ivar kom fram till skogskanten där Dvärgen hade försvunnit ur synhåll, såg de först ingenting. Sedan såg de både taxspår och dvärgspår. Strax därefter upphörde taxspåren och efter ytterligare ett hundratal meter försvann också dvärgspåren. Hur detta hade gått till förstod de inte. Det var ju prima spårsnö och allting. De båda Rubisarna gick ytterligare ett par vändor innan de gav upp och gick hemåt. De stannade till vid Ragnars och undrade om han hade sett till taxen. Det hade han. Dvärgen hade kommit gående med den i famnen, sa han.

När de kom hem till Gustavs möttes de av en olycklig, gläfsande och småskällande tax. Den var blodig runt munnen och svansen var illa tilltygad. Det visade sig att den uppretade Dvärgen hade gått hem med taxen till Gustav och klämt fast svansen mot lagårdsväggen med hjälp av ett par rejäla märlor. Anledningen till att det inte syntes några spår efter vare sig dvärg eller tax, var att Dvärgen hade dragit nytta av sina gamla inlärda cirkuskonster. Han hade klättrat upp i ett träd och sedan svingat både sig själv och taxen mellan trädstammarna. Dvärgen hade tröttnat på Gustavs fasoner och ville lära honom en läxa. Han visste, att förödmjuka en jägares jakthund, gjorde ägaren mer ledsen än om han själv blev förödmjukad. Det Dvärgen inte hade räknat med var att taxen i sin ensamhet hade gripits av panik och börjat gnaga på sin egen svans i hopp om att komma loss. Det fick förödande konsekvenser både för taxen själv, Gustav och Dvärgen. Den hårda domen från folket i bygden blev att Gustav ansågs tosig som sköt efter folk, medan Dvärgen stämplades som djurplågare. Den typen av domar gick aldrig att överklaga.

KATTEN TYTA OCH ODJURET

Jag ska berätta om en katt som heter Tyta. Det är en väldigt fin katt, tycker alla. Hon är alldeles kolsvart i pälsen, men har en liten hjärtformad vit fläck under hakan. Pälsen är så fin och med lyster i att alla vill klappa henne med detsamma de ser henne. Tassarna är också de helt svarta och det fina med dem är att klorna som sitter på undersidan nästan aldrig är framme. En gång var familjen som Tyta bor hos bortbjudna till en annan familj, som också hade en katt. När ett av barnen tog upp den katten i famnen, rev den honom ordentligt över armen. Pojken blev jätteledsen och utbrast med förvånad min: "Vi har inga nålar på vår katt". Så skulle Tyta aldrig få för sig att göra för hon är en så utomordentligt välartad katt. Nog är det så att alla katter kan bli rädda och vilja försvara sig med ett bett eller en rivning, men Tyta är som sagt var alldeles för förståndig för det.

På sommaren trivs Tyta som allra bäst för då flyttar familjen ut till Torpet. Nu är det så att Tyta alltid trivs väldigt bra var hon än är eftersom Matte skämmer bort henne ordentligt och pysslar om henne på alla sätt och vis. Fast på Torpet kan Tyta göra precis som hon vill och busa omkring bland blommor, buskar och träd utan att bli störd av några andra katter eller konstiga husdjur, som till exempel hundar och illrar. Innan familjen lämnar huset i stan, är Tyta noga med att kontrollera att hennes egen matskål finns med i packningen. Då Tyta är en så pass fin och välartad katt får hon ofta sitta med familjen och äta vid matbordet, så man kan egentligen säga att det mer är en tallrik än en matskål. Den är i alla fall Tytas egen och är ganska speciell.

På Torpet kan Tyta springa in och ut som hon vill. Hon håller så klart noga reda på de tider då det serveras mat, men annars är hon ute på allehanda äventyr. Ett par gånger om dagen springer hon ronden. Hon har mutat in ett område runt Torpet som hon tycker är sitt eget. Därför är hon tvungen att med jämna mellanrum kontrollera att allt är som det ska och står rätt till. Tyta övervakar noga att inga obehöriga djur kommer in på området. Ett typiskt obehörigt djur är kaninen. Kommer en kanin inom synhåll sätter Tyta högsta fart och jagar inkräktaren på flykten. Små möss äter Tyta gärna upp, men de lite större råttorna tycker hon är sega och svårtuggade så dem nöjer hon sig med att ge ett tjuvnyp. Andra djur som Tyta försöker få bukt med är fjärilar och flugor. Hon kan ägna timmar åt att jaga dem fram och tillbaka över ängarna, men får så klart aldrig tag i dem.

Som du märker är inte Tyta snäll mot alla. Hon äter till och med upp en del djur. Så är det med katter. De är rovdjur som egentligen äter både fåglar, möss och kaniner. För Tytas del blir det inte så stora fångster eftersom hon får så mycket god mat av Matte, men det finns speciellt två djur som Tyta gärna fångar för då vet hon att hon får mycket beröm. Det ena är mullvaden, den som sprätter upp stora högar av jord för att ge plats åt sina gångar i underjorden. Högarna förstör gräsmattan och när Tyta gör en sådan storfångst blir både Husse och alla grannarna alldeles till sig och berömmer Tyta i flera dar. Det andra djuret är huggormen. Den är svart och har ibland zick-zackmönster på ryggen. Människor är rädda för ormar och vill inte ha dem runt sina hus och torp, men Tyta är inte alls rädd eftersom katter har så snabba reflexer. Någon gång kan en orm ändå vara för snabb och hugga till i tassen. Då blir Tyta tvungen att retirera och gå med avdomnad tass ett par dar. Så är det att vara katt.

Det var en fin morgon med bara ett par små stackmoln på himlen. Tyta såg fram emot en trevlig dag med mycket god mat och lata stunder under syrénbuskarna. Av bara tanken på en så pass trevlig dag tog Tyta ett par glädjeskutt och gav sig så sakteliga ut på dagens första rond. Då hon hade gått ett par minuter utan att så mycket som ha sett en bråkig geting eller ett par kaninöron fick hon syn på något konstigt borta vid ängskanten. Tyta vädrade i luften, tog in lukten genom sin känsliga nos, men fick den inte till att stämma med någon doft hon hade känt förut. Då kan det inte vara en vedtrave eller en gammal sten, utan då måste det röra sig om ett nytt och obehörigt djur, tänkte Tyta och smög sig bort åt det hållet där det eventuella djuret befann sig. Som katt kan man inte bara springa fram och börja bråka. Här gällde det att gå varsamt fram och överraska. Djuret låg säkert och tryckte i ängskanten för att plötsligt rusa fram och störa ordningen runt Torpet. Det kunde Tyta så klart inte tolerera. Tyta tog en lång sväng längs kanten av ängen, sedan över stenmuren och in i skogen. På så sätt närmade hon sig det främmande djuret snett bakifrån. Tyta smög sig sakta fram den sista biten. När hon var ett par meter ifrån reste hon sig på bakbenen och började fäkta med tassarna. För att verka extra skräckinjagande fräste hon lite lagom så där. Djuret, som hade legat platt på marken, reste sig häftigt upp och grymtade till ordentligt samtidigt som det visade en präktig rad av sylvassa gaddar. Tyta blev alldeles förställd. Fäktandet och fräsandet upphörde genast. Djuret var betydligt större än det först hade verkat som. Ett par sekunder stod hon bara helt stilla. Sedan rusade hon allt vad hon kunde hem till torpet. Var djuret efter henne? Det visste hon inte. Hon bara sprang och sprang. Allt hon hade sett var ett väldigt stort och argt djur. Svart och vitt och möjligen lite randigt.

Matte blev efterhand ganska orolig för Tytas hälsa eftersom hon numera bara ville ligga och stirra rakt ut i tomma intet. Hon såg som sagt var alldeles förställd ut och kunde inte ens lockas bort från sin favoritfilt med en burk nyöppnad tonfisk. Hur skulle det nu gå. Vem skulle se efter torpet och skydda det mot konstiga djur, nu när Tyta inte vågade gå ut längre? Efter ett par dar hade den största skräcken lagt sig och Tyta vågade sig i alla fall ut på verandan och ibland en liten bit bort. Borta i en tall kilade en ekorre upp och ner, fast det tog Tyta ingen större notis om. Hon vågade helt enkelt inte gå sin rond så som i fornstora dar.

Tiden gick och sommaren närmade sig sitt slut. Episoden med djuret var nästan glömd och Tyta tog åtminstone en liten rond per dag. Snart skulle familjen åka tillbaka till stan och Tyta skulle så klart med. Den här gången längtade hon nästan tillbaka till den trygga stadsmiljön där alla djur var gamla och invanda. Inga obehagliga överraskningar där inte. Ungefär mitt på ängen, under den lilla eken, fick Tyta syn på ett par välbekanta öron. De klippte fram och tillbaka. Nosen som satt på det huvud som öronen tillhörde, vibrerade nästan i takt med käkarnas frenetiska tuggande. En kanin! En härlig kanin för Tyta att jaga iväg. Hon rusade genast efter den fräcka kaninen. Kaninen hoppade kryss och tvärs och verkade rädd, precis så som kaniner ska vara.

Kaninen försvann snart in i skogen och Tyta stannade för att pusta ut. Då brakade det till i skogsbrynet och ut kom DJURET. Det hemska farliga djuret som fick Tyta att hålla sig inne i flera veckor. Nu förstod också Tyta vad för slags djur det rörde sig om. En avlång, ganska kompakt och tillplattad kropp med svans. Långsmal nos och något randig. Så ser bara en grävling ut. En hårdhudad grävling som inte skyr några medel. Grävlingen jagade Tyta fram och tillbaka. Först en bit mot ladan, sedan gensköt han henne och fick henne att springa över stenmuren och in i skogen. Tyta sprang det fortaste hon kunde och lyckades nästan nå räddningen genom att försöka klättra uppför en knotig gran. Grävlingen var allt för snabb och fick slutligen grepp om Tytas nackskinn och kunde på ett effektivt sätt släpa henne med sig en bit genom skogen och sedan ner i ett hål i marken. Grävlingars bon kallas för gryt och det var i ett sådant gryt Tyta nu satt inspärrad. Grytet var mörkt och trångt och inte speciellt varmt. Snarare småkallt och en aning fuktigt. Nu är det så att katter ser bra i mörker och har en ganska tät och fin päls som håller kylan ute, så egentligen var det inte så farligt. Tyta förstod verkligen ingenting. Grävlingar äter väl inte katter? Eller gör dom det?

"Du är inte någon vidare snäll katt du", sa grävlingen.
"Men, jo. Jag är väldigt snäll och duktig", protesterade Tyta. "En helt vanlig katt, fast väldigt speciell och ganska fin."
"Du är en besvärlig och oduglig katt. Det har jag hört mycket om här i skogen", fortsatte grävlingen. "Du bet en stackars gammal padda som bodde under huset så illa att han blev tvungen att flytta."
"Det stämmer verkligen inte alls", tjöt Tyta. "Jag bara nafsade honom lite i bakbenet. Dessutom var det en ful och tråkig padda som hade bott där under huset i åratal och varit gnällig."
"Ja, där ser du. Du jagar kaniner, retar ekorrar och biter paddor. En riktig odåga är vad du är. Jag blir tvungen att behålla dig här i min håla tills du blir snäll och om du gnäller rycker jag ut dina morrhår."
"Åhh nej. Ett sånt elände ylade den olyckliga Tyta. Hur ska det gå för mig?"
"Är du inte tyst så biter jag av dig svansen", hotade grävlingen när Tyta inte ville sluta gnälla.

Tyta fick ligga och kura i grävlingens otrevliga håla hela natten. Det kröp konstiga små kryp överallt tyckte Tyta. Maskar och snytbaggar och gråsuggor krälade sig över Tytas en gång så blanka päls. På morgonen slängde i alla fall grävlingen ut Tyta ur sin håla. Det gick ju inte an att ha ett gnälligt kattskrälle som tog upp en massa plats och desssutom hade hon nog lärt sig en läxa vid det här laget. Tyta stapplade hemåt på darriga ben. Familjebilen stod redan framme eftersom de skulle åka hem samma dag och det första Tyta gjorde var att hoppa in i den och lägga sig och vänta på hemfärden. Tyta återvände till Torpet många, många somrar till. Fast de äventyren tar vi en annan gång.

KATTEN TYTA I STAN

Nu är det ett tag sedan vi hörde av vår vän Tyta. För det mesta träffar vi ju henne ute på torpet om somrarna, men jag har tänkt på att det vore synd att nöja sig med bara det. Tänk så många äventyr vi skulle gå miste om då. Större delen av året vistas hon faktiskt i stan.

Staden som Tyta bor i är väldigt liten. Enligt Tyta själv består staden av ungefär 25 hus, några träd, fyra gator, sju katter, tre hundar och en hel armada mullvadar. Den som har varit längre hemifrån än Tyta har varit, vet att det inte stämmer alls. Det finns en hel del mer hus än vad Tyta har för sig. Det finns också affärer, bensinstationer, en biograf, flera tusen människor och hel massa andra saker som också brukar finnas i små städer. Sådant prat vill Tyta inte höra talas om. Det som finns är bara det som Tyta har sett. Det räcker mer än väl, tycker hon. Tyta håller så klart mest till i trädgården. Där finns det ett par träd som hon kan klättra upp i eller ligga under när det någon gång är tillräckligt varmt. Annars ligger helst Tyta på husets övervåning. Där på en smal säng jämte elementet har hon sitt högkvarter. Någon gång emellanåt går hon ner i köket för att inte gå miste om extra små godbitar. Både dottern och sonen i huset sticker gärna till henne både det ena och det andra. För att inte tala om Matte själv. Husse har en något mer restriktiv hållning till husdjur, men kan även han tänka sig att skämma bort Tyta när andan faller på. Speciellt nöjd är han som sagt var om Tyta någon gång lyckas fånga en mullvad eller sork.

En morgon var det ett farligt ståhej. Båda barnen i familjen skulle tidigt iväg till främmande land. Ända till Danmark skulle de åka och inte komma tillbaka förrän dagen efter. Det släpades fram sovsäckar och luftmadrasser och allt var en enda röra, tyckte Tyta, som fann det bäst att smita ut genom dörren och bege sig till lugnare trakter. På vägen ut, ungefär vid postlådan, var hon nära att kollidera med en låj och ouppfostrad hund som heter Lukas. Tyta fräste till, men brydde sig inte vidare om Lukas, utan trippade i stället nedför gatan en bit. Tyta rullade sig några varv på den varma asfalten och fäktade lite okoncentrerat i luften medan hon funderade på vad hon ville göra. Skulle hon smita in till Perssons och krafsa i deras trädgårdsland eller skulle hon ta en tur och jaga fåglar i det lilla skogsområdet utanför Johanssons? Innan Tyta hade hunnit fundera färdigt fick hon se att grannen var ute på gräsmattan och höll på med någonting. Tyta undrade vad det kunde vara och sprang in för att undersöka det hela. När hon kom fram insåg hon att det inte var något spännande alls. Det som däremot var spännande var en helt ny dörr. I alla fall hade Tyta aldrig sett den förut. Hon gick försiktigt fram till dörren som stod halvöppen och på glänt. Hon sniffade lite grand med sina känsliga näsborrar och tyckte att det luktade mycket märkligt. En inte speciellt trevlig doft, tänkte Tyta och ryggade tillbaka av obehag. Nu är det så att Tyta kan vara ganska mesig, men innerst inne är hon en typisk tiger som inte kan hålla sig undan ett riktigt äventyr och vad kan vara mer äventyrligt än en helt ny dörr med spännande och okänt innehåll. Sagt och gjort. Tyta tassade in i mörkret innanför dörren. Då slogs dörren hastigt igen.

Tyta kom mycket väl ihåg episoden med den otäcka grävlingen förra sommaren och hon ville verkligen inte sitta instängd i någon ny hemsk och fuktig håla. Tyta ylade olyckligt och krafsade allt hon kunde på dörren, men ingenting tycktes hjälpa. Den underliga lukten blev värre och värre ju mer hon tänkte på den. Rummet var litet och innehöll egentligen ingenting förutom ett sorts högt kärl med en säck i. Det var nu Tyta förstod att det hon hade hamnat i var ett soprum. Ett sånt elände, gnällde Tyta och lade sig ner för att gråta. Så småningom somnade Tyta och när hon vaknade var hon utsvulten och riktigt olycklig. Hur ska det gå för mig, tänkte Tyta. Här finns ju inte ens någon grävling som skulle kunna släppa ut mig om den ville. Tyta är, som ni redan vet, en mycket duktig katt. Hon är också väldig vig. Därför var det en smal sak för henne att hoppa upp på kärlets kant och börja rota bland soporna. Ett gammalt äpple, lite fläsk och senap var vad hon fick fram. Bättre än inget. Tyta fick stanna länge i soprummet utan att någonting hände. Dag blev till natt och snart kunde Tyta inte hålla räkning på tiden. Nu började Matte bli riktig orolig för Tyta som hade varit borta nästan hela helgen. Vart kunde hon ha tagit vägen? Det var då grannen ringde på och berättade att han hade hittat något ovanligt i sitt soprum. I soprummet hade han funnit en massa utspridda sopor och i ena hörnet satt en livrädd katt.

Som vanligt repade sig Tyta snabbt. Efter ett par dagars vila i soffan och matning med grädde och räkor blev hon som förr igen. Nästa gång Tyta visade sig på gatan fick hon syn på grannskapets mest uppseendeväckande katt. En väldigt stilig katt. Ståtlig med högburet huvud och elegant svansföring. Det var förmodligen en av världens stiligaste katter. Nämligen katten Hansson. Tyta hade så klart ett gott öga till den stilige mästerkatten Hansson som hon ofta hade beundrat på avstånd. Nu tog Tyta mod till sig och gick fram till Hansson där han satt på en staketstolpe och lapade sol.

"Hej", sa Tyta.

Hansson slickade sig på tassen och förde den därefter över sitt huvud med en långsam och nonchalant gest. För övrigt rörde han inte en min. Då gick Tyta och ställde sig mitt framför honom och sa ganska högt:

"Hör du dåligt?"

Hansson blinkade förstrött med ena ögat och putsade morrhåren lite grand, innan han nedlät sig till att se ner från sin stolpe där det satt en liten svart katt vid namn Tyta.

"Är det inte sopkatten?", sa Hansson och skrattade på ett oerhört malligt sätt.

"Fy så fräckt", fräste Tyta och sprang genast därifrån.

Nu fick hon erfara att Hansson må vara en fägring för ögat men inte för örat. På hemvägen passerade hon Fru Ståhls tomt. Fru Ståhl blängde misstänksamt på Tyta och hötte lite grand med mattpiskan. Fru Ståhl var en gammal fiende till alla katter i grannskapet och Tyta skyndade på stegen för att inte riskera fler tråkigheter denna olycksdag.

Någon vecka senare när Tyta återigen passerade Fru Ståhls tomt stannade hon till för att se vad som hände där. Det såg ut som att grannkatten Pelle intet ont anande hade förirrat sig in på Fru Ståhls tomt. Pelle var bara en kattunge och dessutom en ganska dum och godtrogen sådan. Pelle kunde ge sig in i olika faror utan någon som helst tanke bakom. Tänk om Fru Ståhl hade kvasten inom räckhåll. Hur skulle det då gå för Pelle? Nu fick Tyta se hur tanten Ståhl med bister min grabbade tag i Pelle och med bestämda steg gick mot grinden. Nu åker Pelle ut med huvudet före tänkte Tyta och närmade sig därför själv grinden. Till Tytas förvåning och förfäran kastade inte Fru Ståhl ut Pelle på trottoaren, utan ända ut på vägen samtidigt som en grå Amazon kom körande. Tyta hann uppfatta Amazonen i bakögat samtidigt som hon såg hur Pelle satt paralyserad och förvirrad på asfalten. Blixtsnabbt tog Tyta ett skutt fram till Pelle och fräste till ordentligt. Därefter sprang hon vidare rakt över vägen och in på sin egen tomt. Amazonen tvärbromsade, men alldeles för sent. Lukten av bränt gummi mot asfalt fyllde luften och de svarta bromsspåren gick tvärsöver den punkt där Pelle hade suttit. Tytas fräsning fick som tur var Pelle att vakna till och springa iväg innan Amazonen hunnit ända fram och kom därför undan helt oskadd.

Ryktet om Tytas bedrift spred sig snabbt och snart visste alla att Tyta inte bara var en soprumskatt utan också en typisk hjältekatt. En av de mest uppvaktande gratulanterna var ingen mindre än mästerkatten Hansson. Han kråmade sig och stod i. Det var överdådiga komplimanger och löften

82

om räkor och kräftor. Ja, till och med humrar. men Tyta lät sig inte bevekas. En sådan mallig katt som Hansson ville hon inte alls kännas vid.

Senare den vintern träffade Tyta i stället på en hel del andra katter som hon tyckte var både stiliga och trevliga. Sent i maj fick Tyta en dotter som inte var det minsta lik någon Hansson, utan som i stället kom att bli sin mor upp i dagen. Redan då Tytas dotter var nyfödd förstod alla att hon skulle bli precis lik sin mor och därför förväntades hon också bli lika fin och duktig som hon. Då tyckte alla att det vara lika bra att kalla dottern det. Duktig alltså. Eller Dokti, som det heter på småländska. Den enda som hade några tvivel om den nyfödda Doktis kvaliteter var grannfrun.

"Hon ser precis ut som en liten råtta. Alldeles stålgrå", utbrast grannfrun när hon för första gången fick se underverket.

Som vi alla vet fick grannfrun rejält fel. Dokti växte upp till en kolsvart katt med två vita små skönhetsfläckar, precis som sin mor. Hur det gick för Tytas dotter Dokti får vi prata om en annan gång.

Låj – Ful, otrevlig

KATTEN TYTA OCH ROY

Dagen före Julafton skulle Morbror John bjuda på kakkalas. Det gjorde han ibland, med ojämna mellanrum. Den här gången på självaste Lillejulafton. Morbror Johns kakkalas var något som hela familjen såg fram emot. Speciellt barnen. Det var nämligen så att Morbror John var en gottegris av storformat. På vanliga kakkalas kunde de godissugna barnen möjligen förvänta sig att få en kaka av varje sort och en eller två små bitar ur chokladkartongen. Hos Morbror John var det andra bullar. Kakor fanns i överflöd och chokladkartonger var till för att ätas upp till sista biten, tyckte John och barnen var inte sena att göra honom till viljes. Som om inte det vore nog, fanns det också en jättelik prinsesstårta för dem som inte hade fått nog, och det hade barnen oftast inte.

Det var likadant på sommaren. Då kunde man hitta familjen Tytas hungrige son i Morbror Johns jordgubbsland. Där låg han på alla fyra med rödmosig uppsyn och glufsade i sig bär i parti och minut. Det tyckte John bara var bra. Då slapp han äta upp alla själv. Det hade han gjort ett år och fått ont i magen i flera dar. Johns egna barn, hade flyttat hemifrån för länge sen, så han satt oftast ensam i huset med allt sitt godis.

Annars var Morbror John mycket för idrott, motion och kroppsarbete. Då han själv hade ett stillasittande arbete hjälpte han gärna till med olika typer av grävarbeten. Det var utmärkt träning, tyckte han. På somrarna tog han dessutom uppfriskande löpturer på den stora torvmosse som bredde ut sig strax utanför hans tomt. Då John oftast sprang barfota, kunde man kanske tänka sig att det kunde vara lätt hänt att han skadade sig eller att det kunde ligga någon illasinnad huggorm och lura i mossan. Enligt John hade han minst lika härdade fotsulor som barnen i Afrika och vad ormar beträffade, så fick de faktiskt finna sig att bli undansparkade då John ångade förbi. Hade de tur klarade de sig med livhanken i behåll. Ormarna fick gå i livets hårda skola, kan man säga.

Tyta tyckte att det verkade jättespännande med ett äkta kakkalas. Inte för att hon var så mycket för sötsaker, men det brukade ändå alltid bli så att det fanns någon godbit till henne också, speciellt med tanke på hur pass duktig och fin katt hon var. Sådant lade alla märke till och det resulterade ofta i beröm och belöningar.

"Men, nu är det ju det här med den låje Roy", sa Matte plötsligt. "Han är inte att lita på. Jag tror knappt vi vågar ta med Tyta om den låje hunden Roy är hemma."

När en smålänning säger att någon är låj, så menar hon att den personen, eller hunden för den delen, är lite lagom stygg, ful eller elak.

Varför inte det, tänkte Tyta besviket. Vad kan det vara för speciellt med den där låje Roy?

"Roy är låj och kan nog äta upp Tyta med sitt stora gap. Det kan vara livsfarligt."

Nu kände Tyta det som om blodet isade sig i henne. Att bli uppäten av den låje Roy ville hon verkligen inte vara med om. Nog förtjänade hon, den duktiga katten Tyta, ett bättre öde.

"Klart vi tar med Tyta", sa både Husse och de båda barnen. "Det är en tuff katt, som kan ta vara på sig själv."

Så fick det bli och Tyta visste så klart att de hade alldeles rätt. Hon var ganska så världsvan när allt kom omkring. Ingen mesig liten kattunge utan erfarenhet av mullvad och kanin.

När de hade kommit fram till Morbror Johns hus, förmanade henne Matte en sista gång.

"Akta dig nu för den låje Roy."

Tyta kunde absolut tänka sig att Roy var precis så låj och dum som Matte hade sagt, men obotligt nyfiken som hon var, kunde hon så klart inte låta bli att smyga omkring i Morbror Johns hus för att försöka ta reda på vad den låje Roy hade för sig. Han var inte svår att hitta där han låg och snarkade under köksbänken. John kallade oftast Roy för "Honnen". Det var en enkel och bra lösning, eftersom det bara fanns en hund, eller "honn" i huset, dessutom slapp han bli förväxlad med en av Johns släktingar, som också hette Roy.

Tyta smög sig fram mot Roy, men hoppade för säkerhets skull upp på en stol. Där la hon sig tillrätta och betraktade den store och låje honnen. Hon funderade på hur pass låj Roy egentligen kunde vara och kom fram till att han nog var ganska så låj. Så att det räckte och blev över. Till på köpet verkade han vara ordentligt trött. Han andades tungt och gav ifrån sig ljudliga snarkningar som skulle kunna väcka den dövaste mullvad. Nu tyckte Tyta att det kunde vara nog med allt sovande, så hon tog ett snabbt skutt ned till Roy, fäktade till honom med tassen mitt på nosen och hoppade sedan blixtsnabbt tillbaka upp i säkerhet på stolen. Nu blev det äntligen lite liv i hunden. Han vände på sig, slog upp ögonen och gäspade så stort att Tyta kunde se alla de vassa huggtänderna i det farliga gapet.

"Hmm, va, vad är det som händer. Vad är du för en?"
"Det är jag som är Tyta, världens finaste katt. Mig har du säkert hört talas om."
"Det är möjligt", sa Roy sömndrucket, men det har jag i så fall glömt bort för länge sen."

86

Nu märkte Tyta att Roy mest verkade vara allmänt trött och lat och inte alls så där farlig som Matte hade påstått.

"Det sägs att du är livsfarlig och äter både katter och små-barn."
"Jag skulle aldrig kunna tänka mig att äta katter. Dom är så beniga och magra att det inte vore värt besväret, på långa vägar. Ja, du hör säkert hur min mage kurrar. Jag ligger här och drömmer om skinka. Natt som dag. Det är skinka jag vill ha. "
"Skinka??", utbrast Tyta. "Vad ska du med det till? Jag brukar få små skinkbitar av Matte, men det är då inte något speciellt. Då kan jag lika gärna äta torrfoder."
"Du verkar inte veta någonting om livet du. Har du aldrig sett en julskinka? En härlig griljerad julskinka som dryper av fett. Tänk så saftig den är, precis när den är varm och nygrillad."

Nu kunde Tyta se hur det vattnades i munnen på den stack-ars hungrige Roy. Han slickade sig om munnen och såg rakt ut i luften med tomma och olyckliga hundögon.

"Men du som är katt skulle faktiskt kunna hjälpa mig."
"Hur då?", undrade en förvånad Tyta. Jag kan väl inte skaka fram en hel julskinka. Jag som knappt får en hel skiva på självaste Julafton."
"Du kan nog vara till mer hjälp än du tror", fortsatte Roy och såg lite piggare ut. "Du som är katt kan ta dig fram mycket lättare och smidigare än jag. Jag får bara gå ut när John bestämmer sig för att släppa ut mig. Ibland hjälper det varken att skälla eller gnälla."
"Vad ska jag ute och göra då? Det förstår jag verkligen inte."
"Jo, planen ser ut så här", sa Roy och klippte med öronen. "Idag är det dagen före Julafton. Då lagar grannen alltid julskinka och det fina i kråksången är att de alltid sätter ut den på altanen för att svalna."

"Hur vet du det och varför har du inte redan varit där och stulit den?"

"Det är ju det som är så svårt. Varje år kommer jag ut för sent. Då har de redan tagit in den läckra skinkan och det enda spår som finns kvar är en svag, men ack så förförisk doft. Har jag tur kan det finnas ett par droppar spad kvar på altanplattorna som jag kan slicka i mig. Det gör bara saken ännu värre. Nu över till planen. Du som är katt, kan hur lätt som helst smita ut och lägga dig i granhäcken och lurpassa. Så fort du ser att skinkan kommer ut, så springer du fram och nappar åt dig den. Sedan ger du signal till mig. Då ska jag försöka få John till att släppa ut mig. Annars får du lov att vänta tills han själv tycker att de är dags för mig att gå ut.

"Det är ju farligt. Jag kan åka fast med besked. Det kommer att ta mig flera minuter att släpa en stor skinka över hela gräsmattan och in i granhäcken."

"Det kommer antagligen till att vara mörkt, så ingen ser dig, och tänk på all underbar skinka du själv kan äta medan du väntar på att jag ska komma ut. Vi delar broderligt på skinkan, så klart.

"Men jag tycker ju knappt om skinka", protesterade Tyta.

"Det här blir det inget av med. Du får äta torrfoder!"

Nu blev Roy än mer olycklig och lade ner sitt stora schäferhuvud på golvet. Öronen slokade och magen började kurra så där högt och påträngande igen. Sedan hördes ett antal tunga suckar och som kronan på verket ett dovt och utdraget ylande. Tyta tyckte det hela var alldeles eländigt. En sån gnällig hund hade hon väl aldrig hört talas om.

"Ja, jag gör väl det då", sa Tyta till slut, samtidigt som hon ändå kände sig lite stolt. Nu var hon till och med duktigare än en stor och farlig honn.

"Du kommer inte att ångra dig. Planen är bombsäker", sa Roy och slickade sig om munnen.

Sagt och gjort. Så fort dörren öppnades, smet Tyta ut. Familjen skulle stanna hela kvällen, så ingen brydde sig om att Tyta var borta i flera timmar. Matte visste att hon alltid kom tillbaka i god tid. Precis som Roy hade förutspått, dröjde det inte länge innan grannfrun satte ut en stor härlig skinka på altanen. Roy hade rätt. Den doftade verkligen helt underbart. Hon kunde mycket väl förstå att matvraket Roy blev som tokig av en sådan praktskinka. Tyta skred genast till verket. Ingen såg när hon lade beslag på skinkan. Den var mycket riktigt ganska så tung, men Tyta var ingen mesig liten kattunge som gnällde för minsta lilla. Hon hade varit med om både det ena och det andra, som sagt var. Kämpat mot livsfarliga grävlingar och brottats med både paddor och kaniner. Det här var väl ingenting. När hon var klar med sitt dåd, hoppade hon upp på fönsterblecket vid köket, där den utsvultne Roy otåligt väntade på klartecken. Han begav sig genast ut till finrummet där John som bäst satt och berättade rövarhistorier tillsammans med Tytas matte och husse och familjen Johansson. Joh ville inte alls veta av att Roy kom och störde, utan han fick finna sig i att bli nerschasad i källaren där några av barnen var i gång med att spela bordtennis.

"Titta, det verkar som att Roy vill gå ut", sa Bente och var hygglig nog att släppa ut honom med en gång.

Roy galopperade upp för källartrappan. Han var besatt av skinkfrossa och tyckte sig dofta skinka överallt. Först örrade han omkring på gräsmattan, men till slut kom han ihåg vad han själv hade avtalat och svängde runt husknuten. Där, i granhäcken, hittade han Tyta, som på sitt duktiga vis troget satt och vaktade den värdefulla skinkan. Tyta hade gnagt lite grand på skinkans ena kant, mest för syns skull, och kände sig sedan ganska så mätt. Roy mumlade ett snabbt tack, tog sedan skinkan och rusade iväg med den ut mot mossen.

Stackars Johns festglada ansikte skiftade fort karaktär till drag av förtvivlan och melankoli. Han insåg att grannarnas misstanke om att det var hans honn, som hade lagt rabarber på deras fina julskinka, mycket väl kunde visa sig stämma med verkligheten.

Ganska omgående hittades Roy sovandes mitt i källartrappan. Runt munnen fanns tydliga spår av skinkätning. Som den låje honn han var, hade han så klart inte brytt sig om att torka av det goda skinkfettet som hade fastnat runt hela det giriga gapet. Om man tänker efter bar nog hela pälsen spår av detta hejdundrande skinkkalas.

När Tyta hoppade in i bilen för att åka hem, var hela familjen inbegripen i spekulationer om hur den låje Roy hade burit sig åt för att komma åt skinkan. Grannens tomt var omgärdad av både staket och häck. Hur hade Roy kunnat ta sig både in och ut utan att ha fört en massa oväsen eller förstört någonting? Det var hur som helst en fantastisk historia som skulle komma att återberättas gång på gång. Speciellt när det drog ihop sig till jul.

Tyta låg i bilen och vaggades till sömns. Kanske inte bara av bilens gungande, utan också för att magen var fylld med en alldeles lagom portion skinka.

KATTEN DOKTI OCH AGENT IRIS

Du kommer kanske ihåg den duktiga katten Tyta. Hon som slogs med en elak grävling och räddade en liten kattunge från en säker död. Då kommer du säkert också ihåg att hon fick en liten dotter. Den dottern växte så småningom upp och blev en alldeles enastående duktig katt, precis som hennes mor hade varit. Dokti hade också hon alldeles svart päls, sånär som på två små vita skönhetsfläckar. Då alla, redan när den lilla kattungen föddes, förstod hur duktig hon skulle komma att bli, bestämdes det att hon skulle få heta just det. Duktig alltså, eller Dokti som man säger på Små-ländska.

Dokti flyttade in hos en familj som inte bodde alls speciellt långt från Tytas familj. Det var inte ofta som Tyta själv kom och hälsade på sin dotter. Däremot kom Tytas matte med jämna mellanrum för att med egna ögon se hur duktig lilla Dokti hade blivit.

Dokti tyckte mycket om att springa omkring i den stora skog som fanns utanför huset där hon bodde. Där kunde allt möjligt spännande hända. Nu på hösten började det bli blött och tråkigt. Då höll sig Dokti närmare det trygga och varma huset. Den här dagen satt hon och latade sig nedanför ytter-trappen. Det hände inget speciellt, men när Dokti kastade en blick upp mot hustaket, så såg det faktiskt ut som att det kom något farande. Vad kunde det vara? Det var något litet och grått, som rörde sig över takpannorna med en väldig fart. Dokti förstod nu att det måste vara frågan om något slags djur. Kanske en fågel, eller en vessla, men vesslor sprang väl inte på tak? Plötsligt tog djuret ett väldigt skutt. Från taket och direkt över till den stora eken. Sedan tog sig djuret vidare ut på en gren och gjorde ännu ett jättehopp ända ner på marken, där det landade mitt framför nosen på den förvånade Dokti.

Nu såg Dokti att det inte alls var tal om någon vessla. Det var en vanlig grå katt. Vid närmare eftertanke, var det kanske inte en alldeles vanlig katt. Dokti hade väl aldrig sett en katt hoppa på det viset. Som en riktig cirkuskartist. Den gråa pälsen var silkeslen och katten såg därför väldigt viktig och ståtlig ut. Mitt i all uppståndelsen hade Dokti glömt bort att det faktiskt var hon som var herre på täppan häromkring.

"Vad är du för en? Och vad gör du här? Det här mitt revir!

Den gråa katten suckade. "Ett sånt välkomnande, va? En fridsam katt som jag är det väl ingen ide att mopsa upp sig mot. För övrigt är jag bara på genomresa."
"Vart reser du någonstans", undrade Dokti.
"Lite varstans. Dit där mitt yrke kräver att jag reser."
"Har du ett yrke. Det har inte jag. Vad är det för ett yrke?"
Nu blev Dokti ordentligt nyfiken. En sån katt till att dra rövarhistorier. Hon hade väl aldrig hört talas om en katt som hade ett yrke.
"Agent.", svarade den grå katten. "Det är jag som är Agent Iris. Jag dyker upp här och där, där jag behövs."
"Jaha, var ska du nu någonstans då?"
"Det vet jag inte så noga. Jag har lite saker att ordna upp här, till att börja med."

Det hade Dokti svårt för att tro. Vad skulle det kunna vara? Agent? Det var det dummaste hon hade hört.
"Det sägs att du heter Dokti, men det sägs också att det stora problemet är att du egentligen inte är så duktig som namnet gör gällande."

Nu blev Dokti helt förfärad och bara gapade. En sådan fräckhet. Hon som var vida känd för sin allmänna duktighet.

"Jag har räknat in en och annan mullvad och näbbmus, men inte så mycket mer. Det räknas knappast som bedrifter. Det skulle den dummaste kattunge klara av. Vi måste ta i itu med din bristande duktighet med en gång. Detta är ett uppdrag för Agent Iris!"

Iris fortsatte sitt klagande med oförminskad styrka. "Det finns en katt i grannskapet som nästan är som en människa. Han torkar tassarna på en handduk innan han går in. Det är en riktig jonglör. Sedan har vi alla dom katter som kan öppna dörrar på egen hand. Sådana katter behöver aldrig sitta ute och frysa och hacka tänder. Sist, men inte minst, vill jag nämna hundjägaren Molly. Det är en katt som inte bara är orädd. Hon tar till och med upp jakten på hundarna när hon är på det humöret. Ylande får dom springa hem till husse med svansen mellan benen. Vid ett tillfälle var det till och med en oförsiktig räv som fann för bäst att ta till flykten. Och det var ändå bara ett litet urval av alla de duktiga katter som bor i grannskapet"

"Duktiga och duktiga. Det vet jag inte precis", försökte Dokti försvara sig. "Du glömde visst att jag kan åka bil. En gång hoppade jag in under bilen och åkte flera mil.

"Det var väl mer tur än skicklighet. Vad skulle du där under bilen att göra, förresten? Vi får helt ordna fram ett träningsprogram till dig, så att du också kan bli en duktig katt som uträttar storverk."

Sedan tog Iris ett skutt upp på en flera meter hög mur och försvann. Dokti lade sig ner på gräsmattan och kände sig moloken. Förhoppningsvis skulle den fräcka Iris inte komma tillbaka. En sådan katt till att prata! Och hitta på. Dokti var minsann duktig så det räckte och blev över. Det hade hon hört hur många gånger som helst. Den där Iris var verkligen ingenting att lita på. Maken till pratmakare.

Dagen efter hade Dokti glömt bort Agent Iris. Nästan i alla fall. Hon tog sig en tur ner till italienaren. Det var en av Doktis allra bästa vänner. Han bodde ensam i ett hus lite längre ner på gatan och tyckte därför det var trevligt att få sällskap av en så fin katt som Dokti. Italienare hade alltid någon godbit till hands när Dokti kom och hälsade på.

"Nu är det snart Jul", sa italienaren samtidigt som han stack till Dokti en korvsnutt från Milano. "Och kallt ska det bli. Och mycket snö. Då är det bäst för små katter att hålla sig inomhus. Annars kan dom frysa ihjäl på kuppen."

Det skulle visa sig att italienaren hade alldeles rätt. Ett par dagar före Julafton, kom det en ordentlig köldknäpp som fick både råttor, möss och mullvadar att krypa ner och kura i sina hålor. Dokti tog bara någon liten runda runt huset, sedan rusade hon raka vägen in och la sig vid brasan. Där låg hon och tänkte på hur mysigt det skulle bli att fira jul. Hon tyckte det var extra roligt att leka med de stora blanka julgranskulorna. När hon slog på dem började de svänga och ibland kunde hela granen komma i gungning. En gång när Dokti var kattunge hade hon lyckats välta hela granen och de var ju, när allt kom omkring, inte så duktigt gjort. Det var verkligen tur att Agent Iris inte hade fått nys om den olyckan.

På Lillejulafton började det snöa något alldeles väldigt och morgonen efter låg drivorna meterhöga runt husen. Dessutom hade snöfallet övergått i underkylt isregn, och när det väl upphörde kom den bistra kylan tillbaka. Nu skulle det bli svårt för både plogbilar och vanligt folk att ta sig fram. Barnen i familjen var oroliga för någonting helt annat. Skulle jultomten verkligen kunna komma fram i ett sådant ruskväder? Det trodde knappt deras föräldrar heller. De skulle nog få klara sig utan tomte i år. Det tyckte Dokti lät alldeles förskräckligt. Ingen tomte och inga julklappar. Kanske inte ens något paket med tonfisk till henne själv. Så kunde man väl inte ha det.

Dokti bestämde sig för att trotsa den bitande kylan. För varje steg hon tog, isade det i de känsliga små trampdynorna, och emellanåt sjönk hon ner i den djupa snön. Trots allt kom hon till slut fram till italienarens hus. Som tur var, var han hemma. Dokti förklarade hur saken låg till. Så gott hon kunde, med tanke på att hon var katt. Italienaren verkade ändå förstå var skon klämde och förklarade för Dokti att allt skulle ordna sig till de bästa. Även om han inte hade lika många julklappar som den riktiga jultomten i beredskap, skulle han ordna så att det ändå blev julstämning i Doktis hus.

Det var en förvånad familj som drog sig bort mot köksfönstret för att se vad som hände utanför. En bit bort i gatan fick de se en rödklädd figur som med stor möda tog sig fram genom snön. Han såg ut att skjuta en spark framför sig och på sparkens sits stod en säck. Ovanpå säcken satt en liten svart katt. För ett ögonblick såg det nästan ut som att det var katten som förde befälet och manade fram det lilla ekipaget.

Italienaren var utklädd till en prima jultomte, med både skägg och luva. Han hade slagit in olika italienska delikatesser och godisbitar i små paket. Tillsammans med de kvarglömda paket från förra julen, som mamman i huset hade hittat i olika skåp, blev det ändå ett par julklappar till var och en, trots att den riktiga jultomten inte hade kommit fram. Italienaren stannade hela kvällen och vräkte i sig allt han kunde hitta på det traditionella svenska julbordet.

Framåt småtimmarna sträckte Dokti ut sig i husets finaste fåtölj. Som tack för att hon hade räddat julen, fick hon så klart extra fina godbitar att kalasa på. Hon kände sig nöjd med sin dag. Nu kunde den där Agent Iris komma med sitt prat. Bäst hon ville.

HULTA-MAGNUS OCH GETEN

Många är dem som kan dra sig till minnes den tiden då Hulta-Magnus frekventerade diverse lokaliteter i sällskap med Geten. Oftast kom Hulta-Magnus först, krängandes sin otympliga kroppshydda över tröskeln. Därefter kom Geten galopperande. Getens skägg var lika svart som hans övriga hårpäls. Strupen bräkande i C-moll eller F-dur. De pigga, men likväl oberäkneliga ögonen, var grå och genomträngande, symboliserande Getens ogudaktiga och för bygden ohälsosamt framfusiga natur. En del ville påskina att Geten hade sin charm. Andra såg i honom en ondsint skapelse som förtjänade käppar och slag. Mjödhökare Widgren, i vilkens etablissemang Geten stundom kunde skådas, tog oftast Getens parti.

"En glad gamäng som kan ge ett tjuvnyp och begiven på tackor som få".

Före den tiden då Geten kom in i bilden var Hulta-Magnus verksam på en av världens mest uppseendeväckande och tongivande utbildningsinstitutioner. Med titeln Fil Lic. åtnjöt Hultaren stort anseende bland kollegor och studenter. När han framförde sitt paradnummer med monologen om Nutdel som final kunde det hända att hänförda studenter reste sig upp i bänkarna och applåderade. Den ende som på allvar kunde hota Hultarens status var Japanen. En liten Japanes. Tjattrande och besvärlig. Hans status som guru befästes genom petflickornas ständiga uppvaktning. I knytblusar och dräkter kom de till Japanesen för att smörja honom med sin svada. Han pladdrade om näringslivets lockelser och faror.

"En arbetsvecka är 80 timmar" sa japanen.
"Mycket prat men liten verkstad", menade Hulta-Magnus.
"En småhandlare och puttefnasker", om du vill veta vad jag tycker.

Första gången Hulta-Magnus såg Geten var vid Prefektens femtiårsgasque. Hulta-Magnus hade tagit en välkomstskål med träföretagare Jonsson och akademiker Bredenlöw då han fäste blicken på Getens krumbenta gestalt, som svepte förbi i nattmörkret utanför fönstret. En millisekund senare var den borta och samtidigt tog Pefen ett bastant grepp om Hultarens axel.

"Punschen kommer", skrek Pefen. "Vi kör så det ryker".

Getens intåg på scenen innebar början till slutet för Hulta-Magnus. En lång och framgångsrik karriär som fick ett nesligt slut. En karriär som grundlades i kunskapens högborg i Lund. Hultaren och hans anhang närvarade sällan vid föreläsningarna utan förkovrade sig på andra sidan sundet i Köpenhamn. De var alla lebemän, vivörer och estradörer i lagoma portioner och nyttjade drycker som sig bör. Vid tentamenstider ruskade de liv i sig och efter ett par dagar och nätters sträckläsning kunde frågorna bemästras. Efter gästspel som underhuggare på de stora universiteten kom så framväxten av högskolorna som den språngbräda Hultaren länge hade sökt. En miljö med nybyggaranda där opportunisten kunde ta för sig och använda armbågarna där så krävdes. I Växjö skulle han regera. I uppsatsskrivande handledde han alla studenterna själv. Pefen och Japanesen fick avundsjukt titta på.

Det hände sig på höstkanten samma år, att en hel kurs gjorde uppror. Hultaren hade tryckt upp en bok som skulle tjäna som kursens enda litteratur. Tog rejält betalt för den gunås, för han hade skrivit den själv. Vem hade kunnat ana att någon skulle uppmärksamma det faktum att institutionen redan hade betalat den. Att den var dyr och att sidorna ramlade ur var väl inte hela världen. En olycka kommer sällan ensam och prefekten ville dessutom påskina att momsen skulle redovisas till statsmakterna. Det var då han plötslig satt där. Geten. Det finns alltid en hjärna bakom varje folkmassa. Nu bräkte han ömsom i falsett, ömsom i en malande och anklagande tonart.

"Du har gjort fel". "Du är helt igenom dålig". "Du ska betala tillbaka pengarna". "Vi tror inte på dina överslätande ord."

"Jäsikens", utbrast Hulta-Magnus då.

Senare på kvällen tog han bilen hem till släktgården Hultet i Folkabo socken. Det var inte lång väg och gården låg inte alltför avskilt, så det förvånade honom inte att en främmande figur syntes i trakten av uthuset. Hultaren var till åren kommen och började bli lite skumögd. Därför ställde han sig och mönstrade inkräktaren noga innan han stängde igen bildörren. Det var Geten. Geten stod med munnen full av kurslitteratur. Han hade redan stampat sönder merparten av ett hundratal böcker och nu skummade sig saliven runt Getens käftar. Han tuggade frenetiskt och tänkte inte ge sig förrän allt var förstört. Geten kunde inte nöja sig med att förnedra Hultaren inför alla studenterna. Han skulle tvunget skända honom i hans eget hus.

Hultarens första tanke var att kedja fast Geten och prygla upp honom, men han fann det omöjligt och rent av livsfarligt att ens gå i närheten av skrället. Morgonen efter hittade han Geten sovandes på verandan. Då var Hulta-Magnus allt för trött för att företa våldshandlingar och dessutom hade ilskan övergått i stillsam melankoli. Redan samma kväll sågs Hulta-Magnus och Geten i lag på Sivans bar, filosoferande kring de eviga frågorna. Det var alltså så det kom sig att de två blev dryckesbröder och förklarar också varför Geten släpptes in i de fina salongerna. Hulta-Magnus syntes allt mindre på Universitetet men desto mer i finkulturella kretsar och ordenssalonger.

Geten överlevde naturligtvis Hulta-Magnus, men vart han till slut tog vägen är det ingen som kommer ihåg. Det sägs dock att fortfarande växer inga blommor på Hulta-Magnus grav, eftersom Geten varje natt går dit och betar av dem.

ÅLAPOJKEN

"Jau haur en aul i feckan."

Skärgårdspojken tog fram sin kniv och började frenetiskt rensa naglarna från smuts och intorkat ålaslem. Skjortan var uppknäppt ett par snäpp. Nästan obefintliga mörka strån skymtade under tyget. Han kisade mot solen och spottade samtidigt rakt ut i luften utan att ta notis om var någonstans strålen tog mark. På utpräglad blekingsk ödialekt upprepade han med jämna mellanrum den, för utomstående, meningslösa och aparta repliken:

"Jau haur en aul i feckan."

På avstånd påminde han om en kutryggig fiskargubbe som rensade sina nät i väntan på att Mor i skutan skulle ropa in honom till aftonmålet. Grova byxor med den slitna livremmen hjälpligt instoppad under skjortlinningen. Skjortan var blå- och vitrandig signalerande stadsfasoner. Kepsen var fläckig och låg slängd på marken. Ett par år över konfirmationsåldern. Han var en bra pojk. Inte tu tal om annat. Det sa alla, men man visste ändå att det måste vara något fel på honom. Det var något avigt. Han var inte som andra. Sprang omkring på kobbarna med sina ryssjor som en barnunge. Snart stora karln. Borde tänka på att gifta sig och komma till sitt. Fast det var naturligtvis inte att tänka på, så som han for kring och åbäkade sig.

"Det är Erik på Ljungbacken som satt tosingagriller i huvudet på honom", sa Korva-Lassen. "Han springer där för jämnan och hör på en hoper ljugarhistorier. Ljungbacken var på sjön för länge. Han blev konstig i huvudet. Sen har han bott i stan också. Det blev aldrig någon reda med honom och nu går pojken i hans spår."

Det var söndag eftermiddag och Korva-Lassens hustru, Alida, ställde resolut fram den ålaladåb som utgjorde söndagsmiddag.

"Han går och läser sina böcker som han får på postorder och när han pratar för sig själv säger han att det är monologer. Jag blir inte klok på den pojken. Det är illa för honom själv, men mycket värre för hans gamla föräldrar. Att få en sån i huset är den ondes försorg. Sanna mina ord."

"Nu är en gång inte jag pojkens far", genmälde Korva-Lassen. "Men som en betrodd karl på bygden är det ens plikt att säga ifrån och det har jag också gjort. Föräldrarna hans håller jag för goda och arbetsamma fiskare. Då är det svårt att tiga käft."

"Nog har du gjort ditt. Nog har du väl det", ojade sig den gamla.

Den blekingska skärgården kunde visa sig från sin allra soligaste sida, men allt som oftast var den vred och vrång. En solig dag med ljum pålandsvind hämnades sjufalt genom piskande sidoställt regn som utan nåd gick rakt igenom öbornas ylleplagg. Deras sura kläder försurade själen och fick dem att utveckla ett grinigt och opålitligt lynne. Misstänksamheten visste inga gränser. Börje var hans namn, ålapojken. Han trivdes bäst med att fiska ål. Han kunde sova ute bland kobbarna under sommarnätterna och bara leva för sina ryssjor. Han visste de bästa stråken. När blankålen gick upp i ärtalanden hade Börje redan varit där. Hade det bara varit ålarna hade han nog fått verka ostörd, men det var nu inte så enkelt. Några menade att pojken var intelligent, i sig en belastning ute ibland öarna. Andra tog honom för idiot. När kamraterna började smaka starkt och slå an på flickor ägnade sig Börje åt sina böcker och ålaryssjor.

"Det behöver inte vara något ont med dom som inte dricker brännvin, men några riktiga människor är dom inte", brukade gamle Åla-Pettern säga. En betydande del av sina böcker fick han av Ljungbacka-Erik. Andra beställde han ur kataloger. Börje lärde sig att hitta på små roligheter och berätta historier och dra monologer. När han var liten sågs han som en lustig prick och folk skrattade hjärtligt åt hans upptåg, men när konsterna fortsatte långt upp efter skolåldern fick det vara nog.

Edvin i Sköllabacken skrubbade sina kinder och utstötte ett resignerat "hå-hå-ja-ja". Nog hade han haft sina förhoppningar om sin sistfödde, men det ska gudarna veta att om en pojke går efter sitt eget huvud är det inte mycket en gamling kan göra vid det. Han är snäll och bra, men han har ingen egen vilja att ta över vare sig småbruket eller fijskebåten. Nu när hans systrar blev bortgifta hade jag tänkt mig att han skulle slå sig på fisket på allvar.

Mor Ester satt och sydde i vrån och teg.

"Jag säger inget så har jag inget sagt. Jag har en gång sagt vad jag sa", muttrade den gamla från hörnet.

En gång hade Edvin tagit i med hårdhandskarna. Han hade slängt småryssjorna på skräphögen, eldat upp böckerna som legat framme och deklarerat att nu är det slut med dumheterna och hederligt arbete tar vid. Pojken hade bara stirrat på honom med sin fårblick och sedan lommat iväg och fortsatt som förut. Som om ingenting hänt. När han var barn skulle han kanske ha skrikit efter fadern och hävt ur sig sin standardförbannelse: "Nu kommer Ålemannen och straffar dig." Edvin var gud bevars en fridens man och visste att slaget var förlorat. I varje fall hade pojken slutat med sina barnfantasier om Ålemannen, men han levde fortfarande i sin egen värld och verkade inte vilja bli vuxen. Edvin lät honom hållas och visst kunde han göra det. Pengarna räckte än så länge och alla var de in till dårskap sparsamma så som det anstod goda Blekingar.

Högtrycket dröjde sig för ovanlighets skull kvar och solstrålarna smekte skärgårdsöarna som låg som ett oregelbundet pärlband omedelbart utanför fastlandet. Längs hela Blekingekusten och hela den östra landsdelen stekte solen obarmhärtigt från en klarblå himmel och hade så gjort i knappt en månads tid. Skärgårdsborna kisade mot solen och förbannade den. Lynnet blev inte bättre av att deras ynkliga skördar från småbruken förbrändes och torkade in. Av den vanligtvis allestädes närvarande nordanvinden fanns inte en pust. Till och med uppifrån Storgården hördes klagolåten. Drängarna kunde inte förmå hästarna att dra fram nog med vatten till de större fälten. Bevattningsteknik av modernare slag var inte att tänka på. Så här i orostider sparades det in. Börje tog aldrig vägen förbi Storgården. Storgården var en frälsegård och det närmaste man kunde komma en herrgård ute bland öarna. Där styrde "Baron". Baron i folkmun för han var alls ingen friherre. Dock en studerad karl. Född med matjord i fickorna. Högburen och ändå lättsamt småtrevlig, men med ett ojämnt humör. Därför var han oberäknelig, hade rykte om sig bland pigorna och visste att huta åt vem han än kom åt. Börje undvek gården med uppsåt. Att få ögonen på sig var inte bra. Det kunde hända att folk fick för sig att han var en sådan som sprang omkring utan ens ärende. Han drog sig till minnes den gången han kommit gående med sin äldre syster och Baron bjudit dem på sockerprinsar. När Börje lade handen i påsen för att ta för sig, tog Baron tag i hans taniga småbarnshand och mönstrade den:

"Jo-jo riktiga frökenfingrar på min ära. Har väl aldrig gjort ett skapandes grand. Vad ska det bli av en sådan herre. Skrivkarl eller fruntimmergöra för inte kan väl du fiska ål och rensa simpefjäll med så lena händer."

Ett sedvanligt utbrott av folklighet från Barons sida. Att umgås med allmogen och skoja med deras barn, men för Börje som var ett av naturen misstroget barn blev det till en varningsklocka.

Börje låg ute på Simpeskäret och vilade sig efter morgonens vittjande av ryssjor. Det var strax efter middagstid. Han sov och drog timmerstockar. Kepsen var nerdragen över ögonen och skyddade honom mot den brännheta solen som vid det här dagset stod som högst på himlen och gassade ner på hans tunna och spensliga skärgårdskropp. Vattenytan låg näst intill stilla och krusades bara en aning av och till. Ålaskörden hade varit för årstiden god. Arton fina kilon att lägga ner i sumpen för vidare befordran till Nisse Skit. Skit-Nissen eller Nisse Skit. Han köpte upp Börjes ålar. Han var snål och tvär och betalade dåligt, men Börje var för lat för att bege sig in till stadstorget och sälja på egen hand. Nisse Skit kunde hålla en storål med sina kloliknande fingrar inborrade i fiskhuvudet, väga den i sina händer och sursnålt häva ur sig ett skambud. Han kunde morra värre än en jakthund och beklaga sig över den undermåliga kvaliteten. Då gällde det för säljaren att känna sin skitgubbe för att inte bli dragen vid näsan.

Vattnet började virvla en aning över en begränsad yta. Efter hand började vågorna slå och ryta över skäret. Börje vaknade till liv när sältan rann in under kepsen och började svida i ögonen. Fenor med sylvassa uddar fick fäste i urberget och en magnifik och extraordinär kropp hävde sig upp ur havet. När tång, sjögräs och vatten hade runnit av uppenbarade han sig. Ett urtidsmonster som vräkte sig upp för att skrämma livet ur hederligt folk. Människoben och fiskkropp. Ett svart, gigantiskt ålahuvud som kronan på verket. Huggtänder och onda mörka ögon som inte bara signalerade djävulsk ondska utan också ett knivskarpt intellekt med förmåga att sålla agnar från vete. Han kunde med lätthet skilja en simpel stadspilkare från en skolad fiskare, och sådant kunde spela roll i Börjes fantasivärld. Ålemannen nafsade efter Börjes ena fot och tänderna högg in i ankeln. Börje började skrika som en besatt.

"Jag har inget gjort. Jag har följt din lag. Jag har inget gjort. Jag har offrat till dig efter varje fångst."

Ålemannen lyssnade inte på en lågtstående varelsers patetiska undanflykter, utan smackade förnöjd på foten och gnagde sig därefter upp mot knäet och bet till. Blodet forsade och färgade skäret mörkblått. Ålemannen tuggade frenetiskt på det lösgjorda benet och höll samtidigt pojkens bål fjättrad mot berget med hjälp av fenan. Han visade ingen pardon mot den döende ynglingen.

"Du har missuppfattat allt. Jag är Ålemannen och jag är nyckfull och slår till när och var jag själv vill. Jag kan aldrig dö, men din tid är till ände."

"Opp mä de nu. Jau haur gjeort en goer sillapudding te frukost."

Det var mor Ester i Sköllabacken som försökte väcka sin son, ur sin mardröm.

"Jag trodde han hade slutat med sina Ålemannafantasier. Han är för gammal för sånt. Ligger och drömmer och skriker", sa hon till sin man när hon gick in i köket från lillkammaren.

" Ja, ja", grymtade Edvin och fortsatte syna ett gammalt nät.

"Å plocka unnan ryssjena etter de. De kan komma främmat. Vad ska di tro om det ligger ryssjer överallt. Här ska det vara hederligt arbete och inte en hoper lektyg."

Med tiden växte Ålapojken upp och blev precis så lat och besvärlig som alla hade förutspått. En tid ägnade han sig åt

105

studier på seminariet i Växjö, men till sist blev han sittande i föräldrahemmet på ön. Det enda av värde som han presterade var en hoper tavlor med skärgårdsmotiv som sommargästerna betalade flera hundra för. Ett tjugotal år senare kunde de säljas vidare för ett par hundratusen. Öborna skakade likaväl på sina huvuden och vägrade befatta sig med hans alster. Åla-Pettern hade köpt en tavla bara för att han tyckte synd om pojken och nu använde han den till att ställa tjärburkar på. Det fick han bittert ångra. Grisk och girig som han var.

AMBASSADÖR I EN NY ERA

Vinden friskar i när vi närmar oss den kustnära idyllen. Östersjölandskapet gör sig omedelbart påmint. Knappt har vi stigit ur bilen förrän en sjöfågel sveper tätt över våra huvuden och lämnar sitt identitetsmärke på vår Farosa Lagunas motorhuv. Fotografen säger att det är en Sädesärla, själv gissar jag på Sibirisk tornibis. Åhus, i fordom den väderbitne fiskarens revir. Idag flanörers och sportsmens estrad.

Kvinnan som möter upp i vestibulen ska bli vår ledsagare under dagens äventyr. En stilfull kvinna iklädd snäv kjol och kavaj. Födelseåret är sent 40-tal. Ansiktet är markerat men ändå gracefullt. Den raka hållningen i kombination med ett fast handslag ger den pondus som så ofta är ett kännetecken i den yttersta toppen av näringslivet.

Väl inne i byggnaden står nästa välkomnande i begrepp av själsligen omfamna oss. En kostymklädd yngling med atletiska drag som för fantasin till Apollon och Olympens gamla gudar. Nästa anhalt, förmodar vi, blir företagets konferenshall.

Plötsligt väcks vi ur vår förtrollning då ynglingen presenterar sig som ALU-anställd och damen som Arbetsförmedlingens representant i ALU- och utslussningsfrågor. Det är ett tecken i tiden att AF i allt större utsträckning närmar sig näringslivets synsätt, eller som Anita så målande uttrycker det:
"Vi ser våra kunder som arbetarna i myrstacken. De är resurser som både kan sitta som spindeln i nätet och ha många bollar i luften samtidigt som de kan ge service åt drottningen i stacken. Vi tillämpar et vidsträckt synsätt på våra kunders kompetens, helt enkelt."

Föremålet för vårt besök, är en ung man med aptit på livet. Han har bland många andra kvalificerade utbildningar en

Master of Science in Business Administration & Economics, vad vi i Sverige kallar Civilekonom.

"Hans kompetens är precis vad vi har letat efter. Han är handplockad speciellt för våra behov. I dagens läge med sponsring och snabba kontakter och beslut är det ett måste med högkvalitativa medarbetare. Vi har dragit en vinstlott, säger Carl Strålheim, handledare på ALU-platsen på Åhus idrottssällskap, via storbilds-TV.

Man ställer sig osökt frågan hur den unge mannen själv ställer sig till det hela. Är det inte väl stora krav som ställs på en "gratis arbetskraftsresurs till förfogande"?

"Inte alls. Jag ser mig själv på en landsväg mellan Arbetsförmedlingen och arbetsmarknaden. Vid vägens början finns bara skog men efter ett tag automatväxlar bilen och landsvägen övergår i motorväg utan hastighetsbegränsning. Därefter ligger alla vägar öppna för en lysande karriär. Arbetsförmedlingens tjänstemän är numera till för att hjälpa - inte stjälpa och fungerar mer som bollplank än trösklar.

En späckad dag går mot sin ände. En dag som manar till eftertanke. Det är alltid nya tider och vi är molekyler på en ständig resa.

GÖRAN OCH DRAKEN

En vacker dag fick Göran en drake. Det var inte alls någon överraskning. Tvärtom. Draken hade varit herrelös en tid och det var bara en fråga om dagar innan budet skulle gå till Göran.

"Inte ska väl jag ha en så fin drake", kråmade sig Göran först. "Jag är en alltför enkel person för att kunna ta emot en så pass dyr och statusfylld present. Kommer aldrig på fråga", sa Göran bestämt.

Till slut kunde inte Göran värja sig längre utan förbarmade sig över det arma djuret.

"Nu kan ni inte förvänta er att jag med så kort varsel ska kunna sköta Draken på ett så perfekt sätt som ni kanske tror", sa Göran, höjande ett varningens finger. "Ni får allt ge mig fritt mandat så att Draken och jag hinner lära känna varandra ordentligt."

Innerst inne visste Göran att det var han som egentligen var bäst skickad till drakskötare. I hela sitt vuxna liv hade han levt nära inpå Draken och blivit förförd av både dess mäktighet och dess prakt. Nu var målet uppfyllt och hädanefter skulle Draken vara i trygga händer.

Draken ansågs vara viktig för människorna i det lilla landet i norr. Den hade funnits så länge man kunde minnas. För ett par hundra år sedan, när Draken var liten, var det inte många som brydde sig stort om den. Den uppfattades mest som besvärlig och argsint. Människorna kastade åt den en matbit mest för att de kände sig tvungna. När det kom fiender kunde Draken vara bra att ha. Då vrålade den och sprutade eld på ett så skräckinjagande sätt att inkräktarna oftast tog till flykten. Stundom var Draken själv ute på erövringståg. Då kom de små matbitarna väl till pass.

Efter ett tag kom någon på att det kunde vara bra att ge Draken mer mat. Ju mer mat Draken får desto snällare blir den mot oss, sa någon. Denna upptäckt blev en verklig succé. Det visade sig att gav man bara Draken god och mycken mat blev den snäll och givmild tillbaka. Det bästa av allt, sa de tidiga drakskötarna, är att Draken inte främst tänker på den hand som har fött den, utan fördelar sin generositet även på dem som inte har råd att ge så mycket.

När folk insåg vilken potential den förut så besvärlige Draken hade, blev man också väldigt mån om att rätt person skulle ta hand om den. Alla var överens om att Draken skulle få mycket mat, men det fick inte bli så att det delades ut gåvor och skänker till helt fel håll. Det var inte många som vågade ha hand om Draken, men för det fåtal som var hågade, var inga löften för stora för att komma i besittning av den.

Drakskötarna kom och gick, men alla bestämde de att folket hela tiden skulle ge Draken allt mer föda.

"Ni måste helt enkelt ge Draken mat", sa drakskötarna. "Hur skulle ni annars klara er? Det är Draken som gör ert goda liv möjligt. Hur skulle era barn kunna överleva om inte Draken stack åt dem en slant då och då? Hur skulle ni kunna ha någonstans att bo om inte Draken hjälpte er med hyran och räntesubventionen? Om inte Draken gav er subventionerad mjölk skulle era skelett vittra sönder. Utan Drakens omsorg skulle ni ständigt vara påverkade av billiga och lättåtkomliga produkter och drycker.

Vissa, för drakskötarna, störande element, tyckte att Draken hade blivit alldeles för stor och otymplig. Den gynnade numera mest dem som stöttade drakskötaren. De tyckte att de som verkligen hade behövt Drakens hjälp numera var bortglömda. Draken själv ville inte höra talas om den sortens prat. Vid sådana tillfällen kunde det hända att röken började pyra ur dess näsborrar och den påpekade att den

110

inte i första hand var till för några speciella människor, varken höga eller låga. Den bara fanns till. Så hade det alltid varit och så skulle det förbli. Folk som kom till Draken och krävde saker eller, hör och häpna, ville påskina att Draken hade fel, viftades raskt undan. En del försökte till och med klaga på Draken inför en mäktig och mångfacetterad drake i söder, men den typen av drakar ville vår drake inte rätta sig efter.

Göran, som nu tjänade sitt levebröd som drakskötare, tyckte det var typiskt att folk skulle klaga på den duktige Draken.

"Alla som klagar på Draken borde brännmärkas", utbrast Göran i vredesmod. "Se hur det är i länder med små drakar. Dessa obetydliga drakar hinner inte ta hand om folk utan låter dem göra precis som de vill. De blir fattiga, obildade och sjuka. De köper saker som inte är bra för dem. Jag vill poängtera att många är de länders representanter som reser långväga för att klappa just vår fina drake och deras högsta önskan är att någon gång få tag på en likadan."

PASTOR GÖRAN

Pastorn var alls ingen frikyrkokväkare såsom namnet indikerar. Sådant otyg fanns inte ens på den tiden. Han var kyrkoherde som sig bör. Det folkliga tillnamnet hade han rättmätigen erövrat på grundval av sin oomtvistade popularitet. En ställning som skänkts honom genom ett visst mått av folklighet kryddat med ett rörligt intellekt och en portion pedagogisk skicklighet. Somliga skulle långt senare säga att Göran vände kappan efter vinden. En måttlig överdrift med tanke på att karln ändå gick sin egen väg och lade grunden till det idealsamhälle vi nu njuter frukterna av.

Två gånger per år kom bönderna till Pastor Göran för att göra rätt för sig. Det var inte svårt för Göran att ana sig till vilka som lämnade hela sitt tionde och vilka som undandrog. Hade en bondmora tio hönor så skulle Göran ha en. Hade en förslagen byaman förtjänat någon penning skulle Göran likväl ha sin del. Av allt bönderna producerade skulle Göran ha tionde. Så var det sagt och så måste det vara. Kyrkoherdens familj skulle födas och kyrkans måste underhållas. Till trots för de stundom trilskande bönderna tyckte Göran att det var ett bra och bekvämt system. Det tilltalade honom verkligen. Efter några år i sin tjänst kände Göran sig dock rastlös. Visst rullade det på och visst hade han någon gång fått råd att åka till Växjö för att få trycka biskopens välsignande hand, men inte hände det mycket av sig själv inte, och övermaga fett var det inte heller. Så fick Göran en idé. Varför ska bönderna lämna en tiondel av sin produktion, när de likaväl skulle kunna lämna en femtedel. Men hur skulle han få bönderna att ge honom dubbelt så mycket?

Vid ett församlingsmöte på senhösten hade Göran lagt fram en trevare.

"Kyrktornet börjar bli illa åtgånget av väder och vind och behöver lagas. Dessutom behöver vi en ordentlig kyrkklocka som hörs över hela socknen. Vi ska inte negligera att många världsliga ting också behövs för att hålla vår herre blid".

Då blev det oro i menigheten. Bönderna såg förskräckta ut och efter ett par minuters surrande tog ålderman till orda.

"Det blir det inte tu tal om. "Du får spara", sade han. Sedan var det inte mer med det.

Två år senare skulle dock Görans drömmar besannas. I rötmånadshettan slog blixten ner och det fnösktorra virket gjorde processen kort med det som en gång var Görans kyrka. Nu kunde bönderna knappast förmå Pastor Göran att spara ihop till en hel kyrka. Höjningen till femtedelen accepterades utan vidare knot. Nog var det många som skamset kände att blixten hade varit ett järtecken i skyn. Nu skulle det inte snålas på det andliga och ingen kom sig för att föreslå en återgång till det futtiga tiondet när kyrkan väl var återuppbyggd.

Den nyrike pastorn gick nu en sprudlande vår till mötes. Han åtnjöt allt högre ställning såväl i församlingen som vida omkring. Han blev bjuden härs och tvärs. Stärkt av framgångarna kom Göran på en verkligt fantastisk idé. Nästa gång då det blev aktuellt med höjning av femtedelen till fjärdedel, lanserade Göran någonting helt revolutionerande. Höjningen skulle också komma givarna till godo.

"Det verkar onödigt", protesterade Sven i Kängsleboda. "Varför ska vi först betala och sedan få tillbaka?"
"Jo, det ska jag tala om för dig, Sven, att i vår församling finns både fattiga och rika. Nu ska de fattiga få större del tillbaka."
"Herren ger och Herren tar", sa Sven besviket och lommade iväg. Trots att han var relativt fattig, hade han en stark misstanke om att han likväl skulle räknas som rik, när det kom till att erlägga betalning.

113

Nu började det bli besvärligt för Göran att ensam tillsammans med prästgårdsdrängarna hålla reda på allt gods och alla penningar som strömmade in. Därtill anställdes ett par bokhållare, bodkarlar och springpojkar. Dessutom behövdes av bara farten ett par präster till. Det tyckte alla var bra.

Höjningen från fjärdedel till tredjedel gick också den smärtfritt tillväga. Göran hade så smått börjat snickra på en egen sjukstuga där församlingsborna skulle få gratis och bra vård när koppor, sot och annat härjade omkring.

När höjningen till halvparten kom hade Göran gått så långt att han till och med byggde hus åt folk. Därtill förplägades folket med allehanda små dusörer och håvor. Det var också nu Sven i Kängsleboda på allvar började sätta sig på tvären likt ormen i paradiset.

"Jag vill starta en egen sjukstuga som är bättre än din och mina drängar kan bygga hus som är både billigare och bättre än dina".
"Där har du allt fel, Sven", sa Göran myndigt. "Så här viktiga saker måste jag ta hand om. Sköt du ditt jordbruk så ordnar sig allt till det bästa. Visst kan du få bygga hus, Sven men bara om du inte tar ut någon vinst."

Plötsligt ett år blev leveranserna påtagligt mindre. Hur kunde detta komma sig? Hade bönderna undanhållit gods i sina jordkällare? Göran skickade ut sina kontrollanter som kom tomhänta tillbaka rapporterandes om missväxt.

"Jaha", sa Göran "Då ser jag ingen annan råd än att vi drar in på allmosorna i år. Finns det inget så finns det inget."

Församlingsborna blev helt bestörta av att höra sådant grymt prat. Det hade blivit fullständigt beroende av Görans små gåvor och hur många av dem var det inte som hade lämnat sitt värv för att arbeta nära Göran med att fördela och klassificera hans skatter.

"Snälla, Göran" bad folket. "Ta inte ifrån oss våra för-
måner. Vi klarar oss inte själva. Vi betalar gärna mer bara
du inte kastar ut oss till vargarna."

Och så fick det bli. Varje gång skatteintäkterna minskade
skulle denna ritual upprepas. Folket tillbad numera Pastor
Göran i stället för Herren och ordningen kunde återställas
genom att den inlevererade andelen höjdes. Under goda år
då intäkterna ökade gjordes inga ansatser att sänka skatteut-
taget.

Sven i Kängsleboda var död sedan en tid tillbaka. Han hade
suttit i kö utanför sjukstugan och kverulerat ömsom över
Göran, ömsom över sin onda fot. Oturligt nog för Sven var
kön så lång att han råkade avlida i kallbrand innan han
hunnit fram. Svens insvurna blev nu mer argsinta än vanligt
och undrade varför inte Göran själv stod i kö när han var
sjuk. Eller varför Göran inte längre brydde sig om att bygga
hus så att församlingsborna blev tvungna att stå i evighets-
långa köer. Gamla gummor blir avtvingade sina fattiga
slantar och prisar sedan Göran för att de får tillbaka en
styver eller två. Så är det inte i andra församlingar. Ändå
betalar de mycket mindre än vi. Göran tyckte det var ett
alldeles för barnsligt prat att ta någon vidare notis om. Det
klart att jag och mina medhjälpare inte har tid att stå i kö.
Vi som har så viktiga jobb. Hur skulle ni ha råd med någon-
ting om ni inte betalade skatt? Och hur skulle det se ut om
vem som helst fick bygga hus? Ni skulle bara bli lurade.
Vill ni att jag ska bygga fortare måste vi allt höja från tre
femtedelar till tre fjärdedelar, myste Göran och försvann in
i stugvärmen.